凍った恋の溶かしかた

藍生 有

white heart

講談社X文庫

目次

イラスト／松本テマリ

凍った恋の溶かしかた

「んっ……」

吐息が零《こぼ》れる。背中に回された腕に抱き寄せられて、小野原尚《おのはらなお》は目を閉じた。

息苦しいほどぴたりと唇が塞《ふさ》がれる。その柔らかさにうっとりとしている間に、隙間《すきま》をこじ開けるようにして舌が入ってきた。

熱く濡《ぬ》れたそれが唇を舐《な》め、頬の裏《ほお》をくすぐり、歯並びを辿《たど》る。その動きに意識を奪われている間に、頬へ指がかかった。

ゆっくりと撫《な》でられる。その大きな手に包まれるのが好きだと、尚は漠然と思った。馴《な》染《じ》んだ温《ぬく》もりが愛《いと》おしい。

行き場が分からず竦《すく》んでいた舌をつつかれる。請われるまま舌を伸ばして、絡《から》ませた。くちゅっと濡れた音が大きく聞こえる。

「……ふ、う……」

舌先を吸われた瞬間、膝《ひざ》から崩れそうになった。震える体を支えるように腰に手が回る。

口づけが更に深くなった。

舌を絡ませ、濡れた感触に陶然となる。含みきれない唾液《だえき》が唇の端から零れても、いやではなかった。

「……っ、ぁ、……」

舌が唇を出入りする。少しずつ奥へと進むそれに翻弄《ほんろう》される。生々しい熱さに体温が上がった。

これはキスと言えるほど穏やかな行為ではない。吐息まで絡めとられて、尚はただ乱れるしかできなくなる。

「尚」

名前を呼ばれ、髪を撫でられたら、体中から熱が溢《あふ》れ出《だ》しそうだ。解放を訴える熱に気づかれたくなくて少し体を引いた。

そっと唇が離れて、目を開ける。目の前に輝く瞳《ひとみ》には、蕩《とろ》けた表情の自分が映っていた。

尚が息を整えている間に、彼の手がシャツのボタンを器用に外していく。丁寧な手つきに、逆らう気分にはならなかった。

はだけたシャツをするりと脱がせた指が、尚の胸へと伸びる。小さな突起に優しく触れた。途端に湧《わ》き起《お》こる熱に戸惑ったのはほんの一瞬だけで、すぐに全身へと甘い痺《しび》れが広がる。

撫でて膨らんだところを押しつぶされて、そこは硬く尖《とが》る。指の腹で摘《つ》まれている内に足が震えはじめた。はぁ、と自分の口から出た吐息が甘い。

片手でベルトを外され、下肢が露《あらわ》になっていく。下着を引き下ろされ、昂《たかぶ》りが空気と視線に晒《さら》される。

恥ずかしくても熱は冷めない。指が欲望に絡みつく。

「…………」

声を上げるタイミングで、唇が再び深く重ねられた。浅い抽挿を何度か繰り返した後、不意に彼の舌が深くまで入り込む。唾液が口角から零れても構わず、喉《のど》の奥を攻めたてられる。

大きく口を開けて舌を飲みこまされる、いやらしいキス。尚はそれに酔い、夢中で舌を追いかけた。

好きだ。全身が彼を好きだと訴える。彼の名を呼びたくて、でも呼べなくて、喉に引っかかったそれを彼が舐めとってしまう。

これは幸せな夢だ。ずっと好きだった人に愛される、贅沢《ぜいたく》な夢。そう気がついて、尚は目を開けた。

「いらっしゃいませ」

ドアの開く音がして、小野原尚はジェラートの入ったショーケースから顔を上げた。

夜九時半近く、広い公園に面したカフェは席が半分ほど埋まっている。そろそろラストオーダーの時間だ。

入ってきたのは外国人の男性が一人。一目で上質だと分かるスーツがすらりとした長身にぴたりと合っている。昼間は家族連れ、夜は女性客の多いこの店には珍しいタイプの客だ。

男性はショーケース前に立った。ジェラートのテイクアウトかな、どう声をかけようかと考えつつ男性を見て、尚は息を呑《の》んだ。

視線が絡む。男性は少し目を開いてから、すっと細めた。

一瞬にして周りから音が消える。時間が止まった。

嘘《うそ》だ、彼のわけがない。人違いだ。そう自分に言い聞かせて、営業用の笑顔を作ろうとしたのに失敗した。

「久しぶり、尚」

聞こえてきた声は記憶の中よりずっと硬く、冷たい。でも間違いなく、尚が知る彼のものだった。

「……久しぶりだね、ルカ」

咄嗟《とっさ》にイタリア語が出てきてよかった。

よく知る彼の名前を、尚は数年ぶりに口にした。その響きがこんなにも喉に引っかかるなんて、知りたくなかったのに。

ルカ・トライアーノ。彼は尚にとって特別な人だ。イタリアのホテルで働いていた時の元同僚で、友人というには親密すぎる時間を過ごした。

でも、と尚はルカを見る。スーツを着こなし、落ち着いた雰囲気をまとう姿は、まるで知らない人のようだ。

尚がよく知るルカはいつも好奇心に目を輝かせた表情豊かな青年で、こんなに落ち着いた大人の男ではなかった。気さくで優しくて、太陽のような人だった。

とはいえ、あれから約三年が経《た》っているからその変化も当然だ。ルカと尚は同い年で、もうすぐ三十歳になる。

「ここは君のジェラテリアか」

ショーケースに視線を落としたルカが聞く。

「違う。ここは友人のカフェ。僕はここにジェラートを置かせてもらいながら働いている」

尚はジェラート職人、ジェラテリエだ。といってもまだ店舗は持っておらず、友人の営むこのカフェの一角でジェラートを売っている。今ではカフェの店長代理として、閉店作業も任されていた。

「そうか」

頷《うなず》いた彼は、尚の目をまっすぐに見た。

「尚に話がある」

「ごめん、まだ仕事中だから」

見ての通り、と店内に目を向ける。だがルカは引き下がらなかった。

「いつ終わる？　終わるまで待つ」

「遅くなるよ」

カフェの営業は十時まで。閉店後にも仕事はあるので、すぐには帰れない。そんなことはわざわざ説明しなくとも、ホテルのリストランテでも働いていたルカなら分かるだろう。

「待つことには慣れている」

その言葉にははっきりとした棘《とげ》を感じる。それに気がつかないふりをして、尚は帽子を目深《まぶか》にかぶり直した。

「分かった、少し待って」

両手を消毒し、ジェラートケースを開ける。スパチュラを手に取った。カップではなくコーンに、まずはミルクのジェラートを花びらのように盛る。それに重ねるように、ラムレーズンを添えた。

「よかったら、これを食べて待っていて」

二色の花びらを重ねたジェラートを、スプーンと共にルカへ渡す。

ルカは口元を緩めた。彼はジェラートが好きだ。特にラムレーズンを選んでいたはず。

「ありがとう」

「……外にいる」

「うん」

外にはテイクアウトのジェラートをすぐに食べられるベンチがある。店を出ていったルカがそこへ腰かけるのを目で追った。

話があると彼は言った。それに心当たりがあると思ってしまうのは、都合がよすぎる妄想だ。この年になっても夢見がちな自分にため息が出る。

「どうされました？」

バイトの大学生が心配そうな顔でこちらを窺《うかが》っていた。我に返って手元を見る。ジェラートのケースに手をかけて固まっていたようだ。

「あ、うん、……知り合いが急に来てびっくりして」

「へぇ、あ、外にいる人です？」

首を伸ばした彼は、ルカの横顔を見て言った。

「ジェラート食べてるだけですっごいかっこいいんですけど。モデルですか？」

興味津々といった様子に首を振る。

「いや、違うよ。……たぶん」

「たぶんって、知り合いなんですよね？」

「うん、まあ。……昔のね」

尚は視線を外から店内に向けた。バイトの余計な詮索《せんさく》は注意すべきだろうかと考えつつ、仕事の指示を出す。

「そろそろドリンクのラストオーダーの確認をお願い」

「了解です」

素直に動いてくれてよかった。胸を撫でおろした尚は、ジェラートの片付けに入る。

基本的にジェラートは作ったその日に消費したいのだけど、今の店ではそうもいかない。乾燥しないように手入れをし、蓋《ふた》をきっちりと閉めた。明日の午前中で売り切ってもらうようにメモを残す。

ラストオーダーの確認をしてもドリンクの注文は入らなかった。キッチンの火を落とし、できるだけ音を立てないよう、静かに片付ける。

店内に残っていた客が席を立ち始めると、レジに立つ。この時間帯に来てくれる人は顔見知りも多く、雑談をしつつ見送った。

「――ありがとうございました」

最後の客を見送ったのは、十時五分前。バイトに店内清掃とごみのまとめを任せ、レジ締めの作業を終わらせる。現金を金庫に入れてやっと一息ついた。

「もう上がっていいよ」

「はーい、お疲れさまでした」

バイトを帰らせてから、明日の確認だ。尚は片付けを終えた厨房《ちゅうぼう》を見回した。

元々はイタリアンレストランだった場所をそのままカフェにしたので、設備はかなり整っている。通常の厨房設備とは別に、ジェラートを作る専用スペースまであるのが特徴的だ。

明日のシフトを確認する。尚は休みで、ベテランの店長が一日勤務だ。そういった日は店長がジェラート類を仕上げる。ベースは冷凍庫に凍らせてあるので、それを冷凍粉砕調理器にかけてもらえば完成となる。

優先的に出してほしいものと、念のためその手順を紙に書いて冷凍庫の前に貼《は》っておいた。これで明日の準備は終わりだ。

尚がこのカフェで働き始めてから、約一年になる。夏場は公園に移動販売車を出して、売り上げが落ちる冬場はこうしてカフェの一角でジェラートを売る。設備も使わせてもらえて、尚にとっては好条件だ。

この一年、夢中で働いてきた。いつか自分の店を持つという夢のために、余計なことを考えたくなかった。

その結果がこんな形で出たのだろうか。

時計を見る。十時半。ルカは間違いなく待っている。彼は約束したことを必ず守る性格だ。

裏口から帰宅すれば、彼に会わないことも可能だ。だけどここで働いていると知られた以上、逃げたってすぐに見つかる。

そして今、この恵まれた環境を手放すことなんて尚には考えられない。つまり、ルカと向き合うしかないのだ。

胸に手を当てる。さっきからもやもやしたものがそこにいる。吐き出したくて深く息を吐いても、喉に何か引っかかっているような気が増すだけで無駄だった。

覚悟を決め、尚は帰り支度をした。私服に着替え、店の電気を落として外に出る。従業員用の出入り口の施錠をしてから、店の正面に回った。

「待たせてごめん」

ベンチに座っていたルカが立ち上がった。

「お疲れさま。おいしかった。尚が作るジェラートは、こういう味なんだな」

ルカの右手には、コーンの入っていた紙でスプーンを包んだものがあった。ごみ箱を片付ける前に聞くべきだったなと気づいたが、もう遅い。

「口に合った？　日本仕様で少し甘さを控えているから、物足りないかもしれないと思ってた」

イタリアでは料理に砂糖を使わない代わりに、デザートに甘さを求める。日本では料理に砂糖を使うので、菓子類の甘さは控えめだ。その傾向を考えて、店頭にあるジェラートは糖分を控えめにしてある。

「いや、ちょうどいい」

「そう。よかった」

沈黙が怖い。じっとこちらを見るルカの視線がまとわりついてくる。

「大事な話がある。一緒に来てくれないか」

低く抑えた声で言われて、尚は首を傾《かし》げた。

「ここじゃだめ？」

店の目の前は公園だ。こんな時間に人の姿はない。わざわざ移動しなくても二人きりだ。

「だめだ」

「どこか行くにしても、もう遅いよ。明日もあるし、ね」

明日が休みなのはあえて言わないでおく。ルカはゆっくりと首を横に振った。

「私の部屋に来ればいい。ここからさほど遠くない」

「部屋？　今、ルカはどこにいるの？」

尚の質問にルカは答えなかった。まっすぐな瞳が尚を射貫《いぬ》く。

「返事を聞かせてもらいたい。……忘れたとは言わせない」

尚が答えるより前に、風が吹いた。緩やかに波打つルカの髪が乱れる。癖があるから伸ばしたくないとぼやいていた彼を思い出して、懐かしくなった。

あの時、尚の横にいてくれたルカと、今の彼は違う。少なくともあの時のルカは、こんなに鋭い眼差《まなざ》しを尚には向けなかった。


「――そろそろ寝るよ」

ベッドに腰かけていた尚は立ち上がった。もう夜十時、自分の部屋に戻って寝なくてはいけない時間だ。

「もうそんな時間？」

眠そうな声を上げたのは、ベッドに転がっているルカだ。この部屋の主《あるじ》でもある彼は、小さく欠伸《あくび》をした。

尚がイタリアに来てから、二年が経とうとしている。日本で専門学校を出てホテルの厨房で働き、資金をためてからイタリアに料理留学中だ。料理とイタリア語の授業を終え、ホテルのリストランテにインターンとして勤務しているが、あと二ヵ月で帰国の予定だ。

尚は今、ホテル側が用意してくれた従業員用のフラットを四人でシェアしている。尚以外の三人は数ヵ月で入れ替わることが多かった。勤務時間はばらばらなので、ろくに顔を合わせる間もなく去っていった人もいる。

そこに半年前、ルカがやってきた。尚と同い年の彼は、約一年前からホテルで働き始めたという。どんな雇用契約なのかは分からないが、数ヵ月ごとに各部署を異動していて、ちょうど尚がいるリストランテに配属になったところだった。

『よろしく、尚』

初対面で握手をしたその日から、尚の生活はルカでいっぱいになった。

人懐っこいルカは、尚にとってこちらに来て初めてできた友人だ。時間が合えば一緒に食事をした。休みの日が重なれば外に出て、尚が知らない場所を教えてもらった。近所のバルもトラットリアも、ジェラートの店も。特に気に入ったジェラートの店には、今も時間があれば通っている。

そのルカは明日から、一週間ほど実家へ帰る。その前にと尚はルカと食事をし、彼の部屋でワインを飲みながら喋《しゃべ》っていた。

シングルベッドにテーブルとシェルフしかない部屋で、仕事や今日あったことを話す。

尚がどうしても聞き取れなかった単語を推理して解明したり、ルカに日本の写真を見せたりと、話はつきない。

　こうして二人で話すのが楽しすぎて、話しながらそのままベッドに二人で眠ったこともある。シングルベッドは狭くて、朝方にルカが床に落ちていた。三回目の転落から、尚はルカのベッドでは寝ないようにしている。

「ほら、明日も朝は出発するんだからもう寝ないと」

「んー」

　ルカの実家がどこにあるのかは知らない。イタリア北部なのはなんとなく分かるが、きちんと聞いてもいない。ただ明日の朝は早くに出発すると聞いている。

　たぶん、ルカの実家は結構な地位にあると尚は感じとっていた。彼の言葉の端々や振舞いから、知性と育ちのよさが窺えるのだ。

　それだけの教育をきちんと受けられる環境で育ったのだから、彼はホテルにとって貴重な人材だ。現場を経験するために配属されたのだと察して、詮索はしていない。彼が話したければ話すだろうと、尚からは聞かないことにしている。

「ルカ、僕も部屋に戻るよ」

　酔っているのか、ルカはベッドで転がっている。このまま寝てしまっても問題はないだろう。おやすみと言い残して部屋を出ようとした時、だった。

「待って」

ルカの手が尚の手首を摑《つか》む。

「尚にずっと、言いたいことがあった」

そう言って起き上がったルカの顔が赤い。

「なに？」

かなり酔っているのだろうか。手首に伝わる熱に驚いてルカに顔を寄せる。

「君が好きだ」

切羽詰まったような低い響きに、尚は首を傾げた。ルカは今更、何を言いだすのか。

「僕もルカが好きだよ」

ルカと一緒にいると楽しい。いつだって時間があっという間に過ぎてしまう。こんなに気の合う人と出会ったのは初めてだ。

言葉がうまく通じない時もあれば、お互いの好みが違う時も当然ある。だけどそれでいやな思いをすることはなかった。

「それは、一人の男として？」

不意に静かになった。さっきまで聞こえていたはずの音が消え、ルカの声だけがクリアに耳に残る。

一人の男として、とはどういう意味だろう。

もしかして、でも、と頭の中でいろんな可能性がぐるぐるして何も言えない。尚の様子で混乱を察したのか、ルカが体を起こした。初めて見る思い詰めたような顔が近づいてくる。

「友人としての好きじゃない。俺は尚と、恋人になりたい」

恋人。その単語の意味は分かっても、尚はすぐに理解できなかった。

誰と誰が恋人に……？

戸惑いのまま見つめた先で、ルカが目を細めていた。今まで見たことがないほどの熱を帯びた眼差しに、胸が詰まる。

尚がまず覚えたのは、驚きだった。自分たちに、恋人という選択肢があるのか。想像したこともなかった。急浮上した関係性の衝撃にうろたえて何も言えず固まっていると、ルカが表情を崩す。

「実を言うと、俺はもう、尚と付き合っていると思っていた」

尚の手を摑んでいた手を離し、ルカは言った。

「えっ？」

また驚かされる。ルカとはハグも頰へのキスもしたけれど、それだけだ。一緒のベッドに寝たのも雑魚寝といえる状況だった。それがどうして、付き合っていることになるのだろう。

今まで意識してこなかった日常が急にかき回されたようで、ついていけない。

「だって俺たちは毎日こうして会っている。休みの日も一緒だ。二人きりで出かけて、楽しい時間を過ごして、同じベッドで寝ることもあって」

ルカは頭を乱暴にかきながら続けた。

「でも日本では、告白をしないとだめなんだろう？」

真顔のルカに聞かれて、尚は曖昧《あいまい》に頷いた。

「え、……まあ、たぶんそう」

一体どこでどんな情報を仕入れてきたのだろう。

とはいえ、尚の数少ない経験からしても、告白から始まることは珍しくない。現に今、ルカが切り出してくれた結果、尚は彼を意識している。きっかけとしては大事だ。

「だから告白する。俺は尚が好き。ずっと一緒にいたい。あと二ヵ月でお別れなんていやだ」

なんて甘い声と眼差しだろう。それが自分に向けられていると思っただけで、尚の心臓が高鳴りだした。頬が熱い。何か言いたいのに、言葉を選べない。

「答えは急がないよ。俺が戻ってきたら、返事を聞かせてほしい」

「……分かった」

頷くのが精いっぱいだった。ルカが小さく笑う声がする。

「おやすみ」

頬へのキスが、いつもより長かった気がする。そんなことを思いながらルカの部屋を出て、ドアを閉める。

廊下の向こうにある自分の部屋まで、どう戻ったのかも分からない。気がつけばベッドに横たわり、天井を見上げていた。

好きと言われた。ルカから。恋人になりたいと。

——嬉《うれ》しい。

遅れてやってきた歓喜に、叫びだしたくなった。夜中なのでそれもできずに、尚はベッドの上を転がる。こんな感情は久しぶりすぎて、どうしていいか分からない。ただ嬉しい。

なんとなく、自分には恋愛ができないと思っていた。異性との交際経験はゼロではないけれど、長続きするような情熱を持ったことはない。きっとずっとこんな感じで、仕事に生きていくのだと信じていた。

それをルカが、簡単に壊してしまった。好きの一言の破壊力を彼は知らないだろう。あんなにもかっこいい男に告白されて、ときめかない人間なんていない。

そうだ、ルカはかっこいい。友人としてそばにいる時でもそれは分かっていたことだが、改めてそう思う。

目鼻立ちはすっきりと整っていて、バランスがいい。少し癖のある落ち着いた茶色の髪と同じ色の瞳も魅力的だ。手足も長くて姿勢がいいから、立っているだけで見とれてしまう。

でもなにより、尚が惹《ひ》かれるのはその性格だった。いつでも明るくポジティブで優しい。尚の心配や不安にも寄り添ってくれる。尚が失敗して落ち込んだ時もずっと話を聞いて慰めてくれた。自己主張が苦手な尚に意見を強要することもないし、答えを急《せ》かさない。

いいところばかりが頭に浮かぶ。つまり、自分もルカを好きなのだ。自覚した途端にむずがゆくなって、尚はそのまま寝つけずに朝を迎えた。

フラットを出ていくルカの姿は、窓から見送った。振り返った彼に軽く手を振った。次に会えるのは来週だ。その時にはどんな返事をしようか。

断るという選択肢は尚の中に存在しなかった。そればかりか、会えない分だけ気持ちが勝手に膨らんでしまって困るくらいだ。彼が帰ってくる来週が楽しみで仕方がない。どんな返事をすれば彼が喜んでくれるか、そればかり考えてしまう。

同性であることなんて、自覚したばかりの恋心の前では気にならなかった。もうすぐ二十七になるというのに、これでは思春期のようだ。

仕事を終えてフラットに戻る。まずはシャワーに入ろうと部屋を出た時、フラットをシェアしているフロント勤務の男が帰ってきた。

「ああ、尚。ルカはいるか」

慌てた様子の彼はルカの部屋に向かっている。その背に声をかけた。

「ルカなら来週まで実家に帰っているよ」

「そうだ！　くそっ、こんな時に」

男は尚には聞き取れないスラングのようなものを吐いてから、手や腕をせわしなく擦《こす》りだした。

「ルカに用事なら連絡しようか？」

「いや、連絡先は俺も知ってる。ただ今日、ちょっと手を貸してもらいたかったんだよ。まずいな」

どうしよう、と男が頭を抱える。よく分からないが、なんとなくいやな雰囲気がした。深入りはしないでおこうと決めた時、男が振り返った。

「まったく、肝心な時にいないなんて役に立たない坊ちゃんだよ」

今までごく普通だと思っていた男の顔が、奇妙に歪《ゆが》んで見えた。

「……坊ちゃん？」

なんの話だろう。すぐに反応できないでいると、男が眉根《まゆね》を寄せた。

「とぼけんなって。お前だってあいつを利用した口だろ」

意味はよく分からないが、その態度から馬鹿《ばか》にされていることは分かった。努めて冷静に、尚は聞き返す。

「利用とはなんの話だろう。あいつとは誰だ。教えてくれないか」

「ルカだよ。……あ？　お前もしかして、あいつがトライアーノ家の息子だって知らないのか？」

男はいぶかしげにこちらを窺ってくる。

「は？」

トライアーノの名前は尚も知っている。その名を冠したホテルもあるし、数多《あまた》の高級ブランドを傘下に置いていることでも有名だ。

「あ？　本当に知らなかったのか？」

無言で頷く。尚が嘘をついていないと理解したらしい男は鼻で笑った。

「なんだ、それで仲よくしていたんじゃないのか」

揶揄《やゆ》めいた口調にぶわっと全身が熱くなる。

「……どういう意味だ」

思わず低い声が出た。自分がルカと仲よくしていることに裏があると思われていたのが心外だ。

「怒んなよ」

へらへらと笑う顔を睨《にら》んだ。揉《も》めごとは好きではないが、主張すべきところは主張しておくことが大事だ。

「とりあえず、ルカには俺がばらしたってことは内緒な」

男は両手を上げてひらひらとさせた。おどけた様子に苛立《いらだ》つが、ここで戦うのも馬鹿らしい。戸惑いが苛立ちを大きくしている。八つ当たりは何も解決しない。

尚は大きくため息をついた。戦意喪失を悟った男が、少し表情を引き締めた。

「とにかく、あいつが勉強のためにうちのホテルに来ているのは公然の秘密さ。もしかすると、うちのホテルだってトライアーノの傘下に入るんじゃないかって言われてる。そうなりゃルカがトップになるかもな」

「…………」

勝手な憶測には返事をせず、尚は黙って自分の部屋に戻った。シャワーはもう朝でいい。ドアを閉め、そのまま床に座りこむ。

「……っ」

なんで、教えてくれなかった。

もし目の前にルカがいたら、そう問い詰めただろう。そうしたら彼はどんな顔をしただろうか。想像するだけで息が苦しくなる。

急に何もかもが、怖くなった。目の前が真っ暗になったような恐ろしさに自分の体を抱きしめる。ちょうどルカからメッセージが入り、読んだけれど返信しなかった。

ルカは尚を好きと言ってくれた。自分だって、ルカが好きだ。

でも自分は、何も知らない。ルカが高名なトライアーノ一族の人間だなんて知らなかった。どうして話してくれなかったのか、そのわだかまりが尚から思考能力を奪う。

好きという気持ちが、嘘つきという言葉に塗りつぶされる。それでも次から次に好きが溢れて困る。

ジェットコースターよりも激しく感情が上下したせいで、疲れた。這《は》うようにベッドに行き、服を着たまま横たわる。

目を閉じる。このまま何も考えずに眠ってしまいたいのに、明け方になっても眠れなかった。夜の気配が薄れる頃、尚はベッドを抜け出した。廊下の先にあるルカの部屋の前に立つ。

ドアノブに手をかける。鍵《かぎ》はかかっていなかった。悪いと思いつつ、主のいない部屋のドアを開けた。

ベッドとテーブルにシェルフ。数冊の本。殺風景なこの部屋で、ルカとどれだけの時間を過ごしただろう。

好きだ。だからこそ、ルカの気持ちを受け入れたくなかった。自分の知る彼はどこまでが本当の彼なのかと考えてしまう。

尚はルカのベッドにそっと横たわり、目を閉じた。昂った感情がやっと落ち着いた時、窓の外はすっかり明るくなっていた。

「──尚、話がある。その作業を終えたら来てくれ」

その日の午後、尚はリストランテの責任者から呼び出された。

「はい」

尚はおとなしく頷いて、ソルベの盛り付け作業に戻る。今日はどうにも集中できずにミスばかりだ。特に数をうまく聞き取れなくて、何回も聞き返した挙げ句に間違えてしまった。誰のせいでもなく自分が悪いだけに気が重い。

ソルベの仕上げを終えると、尚は謝罪の言葉を考えつつ、呼び出された応接室に向かった。ドアはオープンになっていた。中には責任者と、インターン先を紹介してくれるコーディネーターもいた。

「これから話すことは、尚にとって悪い話ではないよ」

挨拶《あいさつ》の後にコーディネーターが切り出したのは、意外にもインターン先の変更の提案だった。

人手が足りない、地方の果樹園を紹介された。そこにはジェラートショップもあり、まずはジェラートショップで働く。インターン期間が終わる頃に果物の収穫を行う季節労働者としてのビザを取る。そうすれば給料も出るし、ジェラートの勉強もできる。

悪い話ではなかった。ジェラートの勉強をしたいとは思っていたし、イタリアにいる期間が長くなるのは嬉しい。デメリットは季節労働者用のビザは更新ができないことだが、その点も帰国を考えている尚には問題ではなかった。

リストランテの責任者も、その話なら受けた方がいいと言ってくれた。

なんてちょうどいいタイミングだろう。昨日の自分ならばきっと受けなかった。でも今なら、迷う必要がない。

これが運命なんだ。そう気がついたら、尚の目の前は開けた。

「引き受けます。ただ、お願いがふたつあります。できるだけ早く行かせてください」

二人が顔を見合わせた。抑えた声で少し会話をした後、いいよ、と責任者はあっさりと言った。

「もうひとつ。ホテルの人には、僕が別のインターン先に移ったのではなく、日本へ帰ったことにしてくれませんか」

「日本へ？」

コーディネーターが首を傾げる。

「それは構わないけど……」

「お願いします。誰に聞かれても、日本に帰ったと伝えてください」

そこからはあっという間だった。果樹園も人手が欲しいというのですぐに住居を用意してくれることになり、尚は少ない荷物をまとめた。

ルカが帰ってくる前日、尚はフラットを出た。リストランテの同僚たちは突然の別れを惜しんでくれたから、日本へ帰るという嘘をつくのは心苦しかった。

翌日には果樹園に到着し、すぐに新しい生活が始まった。ジェラート発祥の地といわれる場所でのインターンは、ホテルのリストランテとは何もかも違った。一応は労働時間の制限はあったがあまり気にされなかったので、尚はなんでもやらせてもらった。

好きという感情は簡単には殺せない。たとえそばにいなくても、気持ちは残っている。自分の想《おも》いを告げなかった分、美化された感情は尚の中で勝手に育ってしまいそうになる。それをどうにか抑え込めたのは、果樹園という環境に身を置いたおかげだ。

積極的な尚に果樹園の人は優しかった。果実の扱い方や、ジェラートの基礎と伝統の製法を丁寧に教えてくれた。その内、特に冷たいものが好きだったわけでもないのに、尚はジェラートに夢中になっていた。学ぶことはたくさんあって、そうするとルカのことを考えずに済んだ。

外での作業にも慣れ、肌が日に焼けて腕がたくましくなった四ヵ月後、尚は日本に戻った。

とりあえず実家に帰り、しばらくは知人の店を手伝った。本格的にジェラートを作れる場所を探していた時、今働いているカフェのオーナーから声がかかった。

資金の準備と販売の実績ができるまでは、今のカフェで働かせてもらえたらいいと思っている。

この二年ほど、ルカの名前を見かけるようになった。彼は今、一族が経営するホテルを中心とした事業の代表だ。貴族の流れをくむ名家出身で、有能な実業家。彼の下《もと》でグループが更に発展していることは、尚ですら知っている。

忘れようと時間をかけて、それでも完全には消せなくて、心の奥底にしまうことにした。たまに夢を見て、いい思い出だったと味わって、またしまう。彼とは二度と会わないから、それで充分だと思っていた。——今日、ルカがやってくるまでは。

ルカがどこかへ電話すると、十分もしない内に車が来た。かしこまった制服姿の男性が運転席に座っている。

恭しく開けられたドア。戸惑う尚を乗るようにルカが促す。背を押され、後部座席に座った。

行き先を告げることなく車が動きだす。男性運転手にエアコンの温度がどうかを質問されて尚が答えた以外、車内は無言だった。

十分ほど走った後、車は有名なホテルのファサードに停《と》まった。ルカに続いて車を降りる。ルカはフロントに寄らず、まっすぐエレベーターへ向かった。

途中で乗り換えて向かった先の高層階の部屋は、リビングの窓に煌《きら》びやかな夜景が広がっていた。

「いい部屋だね」

あまり飾り気がないからこそ、ひとつひとつの調度品がいいものだと分かる。開いたドアの向こうは寝室と書斎だろうか。とにかく、尚には縁のない立派な部屋だ。いろんなものが物珍しい。

「尚」

室内を見回していると、ドアの前に立っていたルカに呼ばれた。

「返事を聞かせてくれ」

「……なんの」

笑ってごまかすことができたら、どれだけ楽だっただろう。ルカの目が細められる。

「私の恋人になってくれないかと告白した。その返事が欲しい」

直球の問いをはぐらかそうと、尚は窓の外に視線を向けた。

「それを聞きにわざわざここまで呼んだの」

「そうだ。やっと君を見つけたんだ。この機会を逃したら、また君がいなくなってしまうかもしれないだろう」

咎《とが》めるような口調に俯《うつむ》いた。

「あの時はごめん。急な話で、すぐに帰らなきゃいけなかった」

何かメッセージを残すべきだったのではないかと後悔したこともあった。不実だった自覚はあるので、素直に謝った。

「私も当時はその話を信じた。だが尚、君は嘘をついた」

「嘘？」

窓に映るルカを見る。彼が近づいてくるのに合わせて、鼓動が少しずつ速くなっていくのを止められない。

「そうだ。君がイタリアを出たのはあれから数ヵ月後だった。君は私から逃げたんだ。返事もせずに」

「……君の言う通りだ。僕は嘘つきだよ」

すべて事実だ。認めて謝ればいいと頭では分かるのに、尚はでも、と続けてしまう。

「君も嘘つきだ」

ルカが足を止める。あと数歩の距離に彼がいる。でも心は遠い。同じベッドに座って、なんでもないようなことを話していた頃とは違う。

「僕は君が、トライアーノ一族の人だなんて知らなかった」

淡々と言ったつもりだった。でもきっと声は震えていた。

「それは、……悪かった。戻ってきたらちゃんと話すつもりだった」

尚、と呼ばれる。黙って俯いていると、手首を掴まれた。

顔を上げる。怖い顔をしたルカと目が合う。次の瞬間、強く引っ張られて彼の体に倒れこんだ。

抱きしめられる。肩口に顔を埋《うず》めたルカの力は強く、引き離せない。

「会いたかった」

「……ルカ、離して」

初めてこんな風に抱きしめられたのに、懐かしい気がするのはどうしてだろう。目の奥が熱くなるのは気づかなかったことにして、静かに彼から離れようとする。

「だめだ。……離せば尚は、また私の前からいなくなる」

逃げないよと言いたかった。でも自分には前科がある。尚が黙っていると、不意に腕の力が緩んだ。

「ルカ、話を……んんっ」

整った顔が近づいたかと思うと、口づけられていた。お互いに目を開けたままで、突然の展開についていけない。

ルカを突き離そうと伸ばした指ごと掴まれた。そのまま強く抱きしめられる。

薄く見えた唇はそれなりの厚さがあり、柔らかい。唇を包むように食《は》まれたかと思えば、舌先で舐められる。

間近で見るルカの瞳に熱が宿っている。それを見るのが怖くなって、尚は目を閉じた。そのタイミングで、後頭部にルカの左手が回る。

「っ……」

わずかな隙間に舌を差し入れられた。その濡れた感触に、全身がぶわっと熱くなる。ルカの舌は尚の口内を探るように動き回った。意識がキスに奪われる。舌先を絡めるようにされて、力が抜けてしまう。

ルカがこんなキスをするなんて知らなかった。

何年もずっと、こうしたいと思っていた。夢に見たことも、妄想したこともある。だけど現実はそれよりももっと生々しくて、いやらしかった。

こんな風に誰かの体温を感じるのは、どれくらいぶりだろう。洋服越しでも伝わる体温が心地よくて抵抗せずにいると、唇が離される。

尚は薄く目を開けた。ルカの手が頬に添えられる。

「好きだ。今もずっと、尚だけが好きだ」

「…………」

まっすぐにぶつけられる愛情に、泣きたくなった。しまいこんだ恋心を引きずり出されそうで怖い。

「沈黙は了承ととる」

いいな、と耳元に囁《ささや》かれ、咄嗟に首を横に振った。

「だめ」

このまま流されてしまうのはいやだ。でも、ルカを引き離せない。

「拒むならもっときちんと拒んだらどうだ。……それとも、私に触れるのもいやか」

すぐに頷けなかった。その一瞬の迷いに、ルカが気づかないわけはなく。

「尚。愛している」

苦しそうに告げられるその言葉と同時に、首筋に唇が押しあてられた。彼の手が尚の背を撫でる。

触れられることの気持ちよさと、触れたいという欲望。ここで終わりたくない、この先を知りたい。その衝動を抑えられない。

でも、彼とは付き合えない。では自分はどうすればいい？

「……今夜だけだよ」

一晩の思い出にしよう。我ながら名案だと、どこかふわふわした頭で考える。

今は再会してお互いに高揚しているけれど、それはもしかしたら、一度も想いを遂げていないせいかもしれない。一晩を共に過ごせば、きちんと終わらせることができるかも。

その欲望に塗《まみ》れた期待を提案すると、ルカの顔がひきつった。

「どういうことだ。たった一晩しか手に入らないなんて冗談じゃない」

声が怒りで震えている。視線の圧に負けないように、尚も彼を見つめた。

「じゃあこれ以上はやめておこう」

ここで負けたくはない。じっと見続けていると、ルカが先に視線を逸《そ》らした。

「……一ヵ月だ」

苦々しげに吐き出された期限を、そのまま聞き返す。

「一ヵ月？」

「そうだ。私は一ヵ月後にはここを出る。その間だけでいい、尚と過ごしたい」

そして、と目の奥を覗《のぞ》き込《こ》まれた。

「その間に、君を好きにさせてみせる」

力強い宣言に、尚は口元を緩めた。

「それは無理だよ」

これから好きになることはない。だってまだ、ずっと好きなのだから。耳を撫でる指にうっとりと目を閉じてしまいそうになるくらいに。

キスで呼び起こされた感情が溢れ出さないように、尚は目を閉じた。それが了承の合図になることは、さすがに理解していた。

再び唇が重なる。これからへの期待に尚の胸が高鳴る。はしたないと思われてもいい。一ヵ月の間、彼のそばにいられる。もっと彼を知ることができる。

「……？」

キスはあっという間に終わった。戸惑って目を開けると、腰に手が回される。

「ベッドへ」

囁かれた単語にびくりと震えてしまう。小さく笑ったルカに抱えられて、そのまま寝室の大きなベッドに押し倒された。

電気が点《つ》く。寝室といっても尚が住むマンションの一室くらいの広さがある。大きなベッドには枕《まくら》がたくさんあった。

スーツの上着を脱ぎ、ネクタイを緩めたルカが覆いかぶさってくる。彼の手が尚のシャツにかかった。ゆっくりとボタンが外される。

大人になってから、誰かに服を脱がされることなんてなかった。こんな時はどんな顔をしていればいいのだろう。迷う尚の顔の横に、ルカが手をついた。

「俺を見て」

その声は昔のルカに戻ったかのように優しい。だが尚を見据える瞳は切羽詰まった欲望に濡れていた。その瞳の鮮やかさに魅了される。

やっぱり、好きだ。その気持ちを口にしないように、尚はキスを求めて唇を差し出した。ゆっくりと目を閉じる。

狙《ねら》い通《どお》りに唇が重なった。触れ合うとすぐに呼吸を奪うような激しさで貪《むさぼ》られる。そのキスの間も、ルカの指は尚の体を這《は》う。

尚が知る彼の指は、リストランテで働く男のそれだった。でも今の彼は、手入れがされた綺麗《きれい》な指をしている。それが知らない人みたいで寂しい。

唇を離さぬまま、ベルトも外された。尚が身じろいだタイミングでルカが離れる。彼は唇を手の甲で拭《ぬぐ》ってから、尚の服をはいでいく。

下着姿になった尚の体を見下ろしたルカは、胸元に顔を寄せた。

「いたっ」

乳首をかじられた。鋭い痛みに呻《うめ》く。ルカは自分がかじった部分を宥《なだ》めるように撫でながら言った。

「脱いで」

その声はとろりと蕩けたジェラートのように甘く、重たかった。

「君が私とセックスする意思があるところを見せてほしい」

「………」

じゃあやめる。そう言えたらどれだけ楽だっただろう。尚は下着に手をかけた。ごく普通のボクサーパンツだ。

腰を浮かせて脱いでから、急に羞恥《しゅうち》が襲ってきた。恥ずかしさのあまり下着を放り投げる。小さく笑ったルカは、ありがとう、と囁いた。

キスだけで少し兆し始めていた昂りを、ルカがそっと撫でる。途端にそこへ全身の血液が集中するのを感じて、尚は顔を赤くした。あまりに反応が素直すぎる。

でも、と尚は心の中で言い訳を始めた。こんな風に誰かに触れられるのは初めてなのだ。しかも相手は好きな気持ちを胸にしまっていたルカだ。身も心も昂るのを止められなくてもしょうがないと思う。

尚の体の表面をルカが手のひらで確認していく。もどかしい手つきにすら息が上がった。どうして触れられただけで、こんなに興奮してしまうのか。じっとしていられなくなって身をよじる。

体を起こしたルカはネクタイを煩わしそうに解《ほど》き、シャツを脱いだ。記憶よりもたくましい男の体に息を呑む。こちらを見つめる視線は欲望を隠しておらず、凄《すさ》まじい色気を放っていた。

あまりにも当然のように組み敷かれているけれど、これはやっぱり、自分が抱かれる側なのだろう。その眼差しで確信した。

覚悟を決めなくてはと思う。けれど数時間前まではこんな状況を想像もしていなかっただけに現実感がなさすぎる。

自分がどうすればいいのか、何をしてあげられるのかがさっぱり分からない。尚はルカを見上げた。

「震えている。緊張しているのか」

言われて初めて、自分が震えていると気がついた。

「もちろん。……久しぶり、なんだ。こんな風に誰かと、その……すること」

ぼやかした言い方だがルカには伝わったらしい。彼は目を細め、尚の手に口づけた。

「私もだ。──尚」

名前を呼びながら、ルカは尚の首筋に顔を埋めた。鎖骨を食まれ、さっきかじった場所を舌で舐められる。獣じみたその動作もまた、ルカにはよく似合っている。

胸元を確認するように手が這っていく。平らな胸に手のひらの熱が伝わってきた。

「んっ」

指先で乳首を摘まれ、思わず声が出た。くすぐったさでじっとしていられない。身をよじって無意識に逃げようとすると、肩を押さえられた。

「……あっ」

左の乳首を舐められた。知らない感覚に体が丸まりそうになるけれど、ルカの手で押さえられる。

そのままルカは色づいた部分を舌で辿り、先端に軽く歯を立てた。これまで生きてきて特に意識もしてこなかったところが、形を変えていくのが分かる。同時に右も指で弄《いじ》られた。左右に与えられる、種類の違う刺激を体がどんどん快感に変換していく。

気持ちがいい。胸元だけで下腹部が重たくなってくる。敏感になった乳首が痛いくらいに尖ったところで強く吸われ、舌で押しつぶされた。

「っ、ぅ……」

咄嗟に声を抑えたくて口元を手で覆う。だがその手をルカに外されてしまった。

「声を聞かせてくれ」

「でも、……」

恥ずかしくて、怖い。自分の体がどんな風に反応するか分からないから不安でたまらない。勝手に潤んだ視界の中で、ルカが微笑《ほほえ》んだ。

「分かった。無理強いはしない。好きなだけ我慢しろ」

ルカの手が下肢に伸びた。すっかり昂っていたものを無造作に握られる。緩く扱《しご》かれただけでそれが下腹部につきそうなくらい育って、先端が濡れ始めた。

「やめ、……」

「ここまできたらやめられない。尚もそうだろう？　もうこんなに大きくなっている」

先端の窪《くぼ》みから零れた体液を塗り込めるように撫でおろされる。今度は根元から指で辿られ、裏筋を弄《もてあそ》ばれた。

「……あっ……」

我慢できずに腰を揺らした。どくんとそこが強く脈打つ。

「感じやすいな。……どこが好きなんだ？」

聞かれても答える余裕なんてない。根元から幹全体をゆっくりと扱かれて、思わずシーツを掴んだ。明らかな快感の波が襲い掛かってくる。

他人の指からの刺激は予想ができない分だけ強烈だ。自分では触れない、先端の窪みを開くように指で擦られて、体が跳ねた。

「ひっ」

いきなり、熱く濡れたものに包まれた。一瞬でそこに血液が集中した。一気に昂ったそれに何が起こったか分からずに視線を向けて、息を呑む。

ルカが尚の性器を口に含んでいる。あの唇が自分の欲望を飲みこむ姿は強烈すぎた。

「いやっ……だっ……」

咄嗟にルカの髪を引っ張ってやめさせようとした。だけどうまく力が入らない。ぬるりとしたものが絡みついて、くびれの段差を教えるように舐めまわす。

「だっ……めっっ」

気がつけばルカの頭を下肢に押しつけるように掴んでいた。

「うっ、……あ、……！」

きつく吸い上げられて、悲鳴じみた声を上げた。頭を打ち振っても快感が逃げてくれない。どんどん体が熱くなって、爆発してしまいそう。

ゆっくりと、温もりが離れていく。気がつけば閉じられずにいた唇から唾液が零れていた。目を閉じるのも忘れてぼんやりと天井を見上げる。

「こうされるのは初めてか？」

嬉しそうな声に問われたが、返事はしなかった。でもその態度で察したのだろう、ルカが笑った気配がする。

「たまらないな。尚の初めてをもらえる」

濡れた性器を扱かれ、根元の袋を揉んで転がされた。身をよじる。もう限界が近い。

「ひっ……」

だけど手を離されてしまって、達しかけていたのにお預けされる。自分でする時に焦《じ》らすことなんてしないから、もどかしさが辛《つら》かった。

「も、……早くっ……」

我慢できずに腰を振る。先端が温かな粘膜を擦った。その状態できつく吸われた瞬間、熱が爆《は》ぜた。

「ん、っ……！」

欲望が迸《ほとばし》る先がルカの口内だと分かっていても、止められなかった。目の前が白く染まる。最後は短く声を上げて、腰を突き上げていた。

気持ちいい、が遅れてやってくる。くぐもった声を上げながら熱を放ち終え、尚はその場に脱力した。

ただの射精とは違う。全身からどっと汗が噴き出す。心音は激しく乱れ、息苦しい。尚は必死で息を吸った。

「……大丈夫か？」

汗で額に張りついた尚の髪を撫で上げたルカが、顔を覗き込んでくる。無言で小さく頷いた。

自分の体が自分のものではなくなってしまったような、知らない快感だった。余韻というにはまだ熱が残りすぎていて、体の奥がくすぶっている。

「――あぁ」

ルカの指が尚の体のラインをなぞった。投げ出していた足を広げられる。弱々しく抵抗したが無視された。

達した直後で勢いを失った性器に視線が絡む。恥ずかしさに足を閉じようとしたがルカの手に阻まれた。

「……やっ……」

膝裏に手がかかり、持ち上げられた。性器も双袋も、更にその奥も晒す格好にされる。

丸見えだ。電気を消しておけばよかったと後悔しても、もう遅い。

せめて自分からは見えないようにと内腿《うちもも》を寄せようとしたが、できなかった。ルカの手が足首を掴み、更に大きく広げられる。

羞恥心が体に熱を灯《とも》す。どうして恥ずかしいと息が上がるのか。分からない、分かりたくない。

ルカの指が秘められた部分を撫でる。これまで誰にも触れられたことがない部分だ。そこで何をするのか、なんとなくだけど知っている。

この体は同性の体を受け入れるような構造にはなっていない。それでもルカが求めるならば、応えたい。

どんな痛みがあっても、ルカと体を繋《つな》げたという事実があれば、この先も生きていける。

我ながら重たい愛情に苦笑しつつ、息を吐いた。

尚の足の間で膝立ちになったルカは、瞬きを忘れた熱視線を後孔に向けている。

「少し待っていてくれ」

立ち上がったルカが寝室を出ていく。このタイミングで電気を消しておこうと枕元のスイッチに手を伸ばした。

メインのライトを消して、フットランプだけの状態にする。

薄闇《うすやみ》に息をつく。少し落ち着いてきて、達した後のけだるさに襲われる。自分だけが先に、しかもあっさりと達してしまった気恥ずかしさにため息が出た。

「電気を消したのか」

何かを手に戻ってきたルカは、ベッドに上がる前に下着姿になった。

「明るいのはいやか？」

黙って頷く。ベッドに乗り上げたルカに再び組み敷かれた。

「君がそこまでシャイだとは思わなかった」

年齢相応の経験があるとはとても言えない。ましてや同性との行為は初めてだ。ルカが好きだと認識した時も、すぐに逃げてしまったから妄想ばかりで終わっている。

「……幻滅した？」

こんな自分を、ルカはどう思うだろう。不安をできるだけ軽く口にしたら、優しく髪を撫でられた。

「まさか。そんな君が、私に一晩でもいいと言いだした奇跡に感謝している」

額に口づけられる。それから鼻先へとキスが落ちてきた。

「君を傷つけたくない。痛かったら言ってほしい、すぐにやめる。焦る必要はない、一ヵ月あるから」

随分と優しい物言いだった。分かった、と緊張しながら頷く。

ルカは左手で小さなボトルを開けると、右手の指先から手のひらを濡らした。花のような香りが広がった。

滴るほどに濡れた指が、下腹部から熱を失った性器、そしてその奥へと進む。ぬるりとした感触に肌が粟立《あわだ》った。

指が後孔の表面を撫でる。まとったぬめりを塗っては広げる動きに身震いした。抱かれる準備とはつまり下ごしらえだななんて、現実から逃げたことを考えてしまう。

「……んっ」

つぷりと指が入ってくる。すぐに抜けて、ほっとしたところでまた中へ。痛みはないが、違和感はすごい。だが繰り返される内に、少しずつ慣れるのか力が抜けてくる。

縁を広げるように撫でていた指が、不意に奥まで入ってきた。びくんと震えている間に、指はそこにすんなりと収まっていた。

指一本とはいえ、あっさりと飲みこんでしまった自分の体のふしだらさに泣きたくなる。もっと苦しいものだと思ったのに、どうして。

情けない顔を見られたくなくて、目元を腕で覆った。ルカの息遣いが少し乱れ、体を起こす気配がした。

右ひざを持ち上げられ、彼の指を受け入れた部分が露になる。その状態でゆっくりと中を撫でられた。粘膜を潤すような動きがたまらなくて、だらしなく口が開いた。

「あっ……」

丁寧に中を探る指が、わずかな隆起に触れた。そこを軽く押された瞬間、尚の前で火花が散る。

「ひゃっ」

突拍子もない声を上げて腰を振った。埋められた指も強く締めつけてしまう。熱を失っていた性器が一気に昂った。

「ここが尚の好きな場所か？」

「……知ら、……ない」

触れられただけで、手足の指が丸まってしまう。初めての刺激が好きかどうかなんて分からない。分からないから、怖い。

「じゃあ一緒に、尚の好きな場所を探そう」

どこだろう？　と指をぐるりと回される。ゆっくりと抜かれたかと思えば奥まで埋められ、更にその指も増やされた。

「っ……ルカ、……っ……」

尚の体の奥深くまで潜り込んだルカの指が、窄《すぼ》まりをかき回す。

異物感と、もっとという気持ちに苛《さいな》まれ、尚は喘《あえ》いだ。とてもじっとしていられず、シーツを摑む。

「……あぁ、……だめっ……」

繰り返される甘い侵略は、尚の理性を奪っていく。あの隆起を押されたら、抑えられない声が漏れてしまう。それに恥ずかしさを感じる余裕すらなくなった。

「熱いな、尚の中は……」

すっかり熱を取り戻した性器にも指が絡む。中を探られながら前を扱かれると、勝手に腰が揺れ始める。

また指が増えて、潤みも足されて、そこがぐじゅぐじゅと音を立てた。室内に響くそのいやらしさに耳を塞ぎたくなる。

「……もう、大丈夫か」

ずっと内側にいた指が抜ける。そこに寂しさを覚えるくらいには、準備ができてしまっていた。

ルカの猛《たけ》りきった自身から目を逸らす。他人の昂った状態を見るのは初めてだけど、あんなに大きいものが入るのだろうか。

正直に言うと、とても怖い。でもそれ以上に、ふつふつと湧きあがる喜びで全身が熱くなる。

尚の体は年齢相応の成人男性のものだ。どちらかといえば痩《や》せ気味で、特別な魅力があるわけでもない。それでもルカがこんなに興奮してくれている。それがたまらなく嬉し

い。

足を抱えられ、後孔に昂りを宛《あ》てがわれた。熱くて硬い感触に震える。

「尚、いいか」

「……うん」

目を閉じて頷く。

「息を吐いて。痛かったら私を叩《たた》け、すぐにやめる」

「んっ……、分かった」

ゆっくりと、ルカが入ってくる。硬くて熱くて太い。縁を限界まで広げてもまだ足りないとばかりにこじ開けてくる。

どうしても体に力が入る。それを宥めるようにルカは尚に触れた。ほんのわずかでも力が抜けたら進むことを重ねていく内に、ずぶっと張り出した部分が潜ってくる。

「うっ、……あ、うっ……」

圧迫感から無意識に逃げようとするが、腰を掴まれてしまった。ぐぷっと音を立てて奥まで、ルカの形に開かれていく。

途中、あの隆起した部分を硬い先端で擦られて、手足の指が丸まった。

「ああ、信じられない。こうして、尚とひとつになっている」

ルカのうっとりした声が聞こえる。繋がった部分からも振動が伝わってきて、自分たちはひとつになっているのだと実感した。

ずっと好きだったルカと、抱き合っている。その現実を認識して脳が沸騰しそうになった。体中が熱源になったみたいに熱い。

ルカが丁寧に解したせいか、痛みもなく彼を受け入れることができた。無理だと思っていたのに、自分の体はどうなっているのだろう？

目を開けた。心配そうに茶色の瞳が尚を見ている。額に口づけられ、尚はゆっくり息を吐いた。

「痛いか？」

「……なんとか、大丈夫……」

「じゃあ動くぞ」

ルカが腰を引く。体の内側を引っ張られるような錯覚に怯《おび》え、反射的にルカの背に腕を回していた。

「んっ……」

また中に入ってくる。後孔の粘膜を張り出した先端で抉《えぐ》るように突かれて、尚の体はその場で跳ねた。

むきだしになった神経に直接触れられているかのような、鮮烈な感覚を受けとめきれない。どくどくと激しい鼓動が、体の外から聞こえるような錯覚に陥った。

「くっ……すごい、な」

ルカのかすれた囁きにまで体が震える。強く抱きしめられて、昂りをルカの引き締まった腹筋に擦られた。

どうしよう。繋がった場所も、昂った性器も、抱きしめられて重なった胸元も、すべてが気持ちいい。肌を合わせた部分から発火しそうだ。

「はぁ、……もう、いきそう……」

「……私もだ」

尚の髪を撫でながらルカが耳にかじりつく。耳朶《じだ》を食まれて身をよじると、体内のルカの存在を強く意識してしまう。

脈打つそれが、愛しい。そこでやっと、尚は自分の愚かさを自覚した。一度こうしてみれば思いに区切りがつくかと思ったけれど、逆だ。この喜びを知ってしまったら、手放すのは難しい。

でも、とぐるぐると頭の中で考えていると、不意に強く突き上げられた。

「何を考えている」

汗をにじませたルカが軽く睨みつけてくる。その眼差しの強さに、背筋が痺れた。

これからの一ヵ月間は、この視線を独り占めできる。尚はルカの首に腕を絡めた。

「ルカのことを考えていた」

次の瞬間、ルカはとても嬉しそうな顔で抱きしめてきた。

「ごめん。もう我慢できない」

耳元に囁かれる苦しげな声が、身も心も昂らせてくれる。咄嗟にしがみついた体が熱い。

「あっ、ルカ、っ……」

好きだと言ってしまわないように、尚はルカの名前を呼んだ。

浅瀬をかき回される。抜け落ちそうなものを引き留めるように窄まったところを奥までこじ開けられたら、もう声を上げることしかできない。

水音にお互いの息遣いと鼓動が混ざり合った。

「ん、……尚、……」

切なげに名前を呼ばれ、薄目を開ける。尚の顔の横に右手をついたルカは息を乱し、汗をかいていた。

その姿が思い出の中のルカと重なった。――ああ、自分のよく知る、彼がいる。そう思ったらもう、身も心も高まっていく。

繋がった部分から全身に熱が広がる。知らなかった種類の快感に、呼吸の仕方を忘れたように尚は喘いだ。

「あっ……！」

ぽたりと、ルカの汗が尚の頰に落ちる。その瞬間、尚は達していた。飛び散った熱が下腹部を濡らす。余韻に浸る間もなく、奥深くを突かれて身をよじった。

「あ、……あつ、い……」

ルカがぶるりと震えた。体の奥に熱が広がるのを感じ、尚は目を閉じる。自分の内側で熱が弾《はじ》けるという初めての体験を味わっておきたい。

お互いに何も言わず、汗ばんだ肌を密着させる。唇の表面だけを重ねる、優しいキスに酔う。

幸せだ。ずっと好きだった相手と、こうして体を繋げることができた。思い出にするには贅沢すぎるくらいだ。

どれくらいそうしていただろう。

ルカが繋がりを解かぬまま体を起こした。瞼《まぶた》の向こうが明るくなる。どうしたのかと目を開けると、部屋のライトが点いていた。

じっと顔を見られている。咄嗟に隠そうとした手は、シーツに押さえつけられた。

何も言わず、ルカが再び動きだす。尚にできたのはただ、その激しさを受け止めることだけだった。

唇の表面に柔らかなものが触れる。ぬるりと舐められる。これはなんの夢だろう。眠りから中途半端な位置まで引き上げられた尚は、何があったのかと考える。

昨日は何があった。そういえばいつもよりベッドが柔らかいのはなぜだろう。そして自分の背中に回された手は誰のものか。

絡まっていた意識が、少しずつ解けていく。そうしてやっと、寝る前の状況が思い出せるのだ。

そうだ、昨夜《ゆうべ》はルカに会った。キスをして、そして……。

心臓がどくんと高鳴った。

腰とその下あたりに違和感があるのは、そのせいだ。ルカと一線を越えてしまった。ろくに話してもいないのにこんなことをして、と内心でため息をついた時、鼻を摘まれた。

「んっ」

「寝たふりはそろそろやめないか」

ルカの楽しげな声に目を開けた。肘《ひじ》をついたルカが尚を優しく見つめている。

「……おはよう。何時？」

まだカーテンは閉まっている。時計を探す前に、ルカが答えてくれた。

いつもならまだもう少し眠っていられる時間だ。尚は欠伸をした。そういえば、眠りについたのは何時だったのだろう。まったく記憶にない。

「尚の仕事の時間が分からなかったから、この時間に起こした」

「あー、そうだ、話してなかったね。今日は休み」

話すタイミングがなくて忘れていた。その返事が意外だったのか、ルカがため息をつく。

「なんだ、休みか。聞いておけばよかったな。それならもっとゆっくりできたのに」

ルカの手が頬に伸びてくる。整った顔が近づいてきて、口づけられた。

「ねぇ、ルカ。僕たち、昨日からなんの話もしてないよ」

「確かにそうだ」

笑いながら口づけを交わす。お互いにキスに逃げている気もするが、構わず啄《ついば》んだ。

唇を離す。視線を絡めながら、ルカが言った。

「前も同じベッドで寝たのを、覚えているか」

「もちろん。狭いベッドだから大変だったね」

シングルベッドで一緒に寝た夜を思い出す。あの時の尚はまだ、ルカの気持ちに何も気
「七時だ」

「……早いね」

づいていなかった。

「俺は初めて、ベッドから落ちた」

苦々しい顔と口調が昔の彼そのままで頬が緩む。同じ思い出があってよかった。

「あの時からずっと、……こうしたいと、思っていたんだ」

抱き寄せられる。懐くように顔を首筋に埋められて、そういえば昔もルカはよく抱きついてきたことを思い出した。特に朝が多かったから、寝起きが悪いんだと思っていた。もしかして違ったのか。

「尚。一ヵ月後に、君の気持ちを聞かせてくれ」

「……うん」

甘い空気が漂っているけれど、自分たちは一ヵ月間という期間限定の恋人だ。それが終わったらまた、それぞれの人生に戻る。そう割り切ってしまえば、どこまでもルカに優しくできる気がした。

「ルカの予定は？」

尚は手を伸ばしてルカの髪に触れた。くすぐったそうに身をよじる彼が首筋に吸いついてくるから、その髪を引っ張ってやめさせる。

「予定を聞いているんだけどな？」

耳元に囁くと、ルカが顔を上げた。

「今日は午後から会議の予定だ。十一時にはここを出る。もう少し寝ていても大丈夫だが、どうする?」

そう聞かれても、尚はすっかり目が覚めてしまっている。二度寝するほどの眠気もない。

「うーん、寝るのはいいよ。シャワーを浴びようかな」

最後の方の記憶が曖昧だが、なんとなく後始末はされている気がする。とはいえ、寝ていて汗をかいたし、髪も洗ってすっきりしておきたい。

「分かった。運ぼうか?」

何かと尚の世話をしようとするところは昔と変わらない。だがさすがに運ばれるのは遠慮しておく。

「平気だよ。バスルーム、どっち」

話しながらベッドを出ようとして、尚はその場に崩れ落ちる。何が起きたのか、自分でもすぐには分からなかった。

立ち上がろうとして足を床に置く。でも力が入らない。

「尚」

顔色を変えたルカが駆け寄ってくる。

「ごめん、立てない……」

思っていた以上に体にダメージがあったらしい。今日が仕事じゃなくてよかったと、尚はため息をついた。

手伝いたがるルカを拒み、尚は一人でシャワーを浴びた。バスタブとは別にガラス張りのシャワーブースがあったので頭から熱めの湯をかぶって息をつく。

おそるおそる自分の体を確認したが、足以外は特に問題がなさそうでほっとする。その足も、シャワーを終える頃には力が入るようになっていた。

すっきりしたところで、髪を乾かしながら改めてこれからどうするのかを考える。この半日の間に起こったことが目まぐるしくて、まだ夢の中のようだ。

駆け引きのようなやりとりで決まった一ヵ月間は、ルカの恋人でいられる。それならばその期間をめいっぱい楽しめばいいのではないか。甘い誘惑に頬が緩んだ。

でも、と真面目な自分が否定する。それでは今でも自分を好きだと言ってくれる彼を弄んでいることになるのでは？　そんな不誠実なことをしていいのか？　と疑問が湧いてきて、ため息が出た。

気持ちの浮き沈みが激しい。ルカのこととなると冷静に考えられなくなってしまう。

これからの一ヵ月、彼とどんな風に接していこうか。考えている間に髪はすっかり乾いていた。

ホテルのバスローブを着てバスルームを出る。リビングの窓際には食事がセットされていた。いつの間にか頼んでいたらしい。

「これ……」

味噌汁《みそしる》にメインの焼《や》き鮭《ざけ》と揚げだし豆腐、そして六種類の小鉢が入った籠《かご》。立派な和定食が、ふたつ並んでいる。

「朝は和食にした。パンがよかったか？」

「ううん、僕は嬉しいけど、……ルカもこれを？」

ルカは食に対してとても保守的で、朝は必ずバルでカプチーノにコルネットと決まっていた。甘いものを食べなければ元気が出ないとまで言っていた彼が、塩気の多い和食を選択するとは思わなかったのだ。

「そうだ。早速食べようか」

「うん」

バスローブで食事をするのには若干の抵抗があったが、それより空腹が勝った。ルカと向かい合って座る。

お櫃《ひつ》からご飯をよそって渡した。受け取ったルカは、いただきます、と日本語で言った。

　きちんとした箸《はし》使いで食事を進めるルカを、不思議な気持ちで見てしまう。添えてあった袋入りの焼き海苔《のり》を食べ始めた時は驚きすぎて箸を置いた。

「どうした、口に合わないか」

　ルカが心配そうに尚を見たから、首を振って否定する。

「どれもおいしいよ。ルカが朝からこういうのを食べているのに驚いただけ。海苔も食べられるようになったんだ」

　焼き海苔だって、こんな黒いものを食べるのは怖いと言っていた。お茶漬けのパックに入っている少量ですらいやがっていた。イカ墨は平気なのにどうして海苔はだめなのか、ルカの感覚がよく分からなかったのを覚えている。

「出されたものはなんでも食べるようになった。今なら君の冷製パスタも食べられる」

　夏になると尚は茹《ゆ》でたパスタを水で洗い、自家製めんつゆで食べていた。それを見たルカは信じられないという顔をしていた。それだけは食べてくれるなと止められたことさえある。パスタの食べ方として許せなかったらしい。

「……本当に？」

　疑いの目で彼を見ると、肩を竦められた。どうやら積極的に食べたいわけではなさそうだ。

再び箸を動かした尚を見て、ルカも食事を進める。途中、彼は今日の予定を話しはじめた。

「今日はこれからオフィスに行く。できれば君も来てほしい」

「予定がないから行くのは構わないけど……。先に君は日本で何をしているのか聞いてもいい？」

いきなりオフィスと言われても、ルカの現状を知らないだけにすぐには頷けない。尚の返事でそこに思い至ったのか、ルカが手を止めた。

「そうだな、話していなかった。新しいホテルの開業準備で来ている」

「へぇ、そうなんだ。日本初上陸の高級ホテルができるってニュースなら見たよ」

パティシエの募集があったのも目にしている。確か二年後に開業予定だ。

「高級ホテル？　それは分からないな。一流ホテルならうちのことだが」

「……そうだったね、ごめん」

高級と一流は違う。ルカと尚が働いていたホテルでよく聞いた言葉だ。高級が一流とは限らない、目指すのは一流だと教えられた。

「でもそのオフィスに、あんな格好でいいのかな？」

尚の服は昨日と同じものしかない。このホテルに入るのでさえカジュアルすぎるかと躊躇《ため》ったのだ。オフィスで浮かないいだろうか。

「構わない。立地を優先したので、オフィスはごく普通のものだから」

「分かった。じゃあ食べたら準備するよ」

意識を目の前の食事に向ける。ルカと向き合って朝から和食を食べるなんて、昨日の自分に話しても信じないだろうなと思いながら。


ルカのオフィスは、彼が宿泊しているホテルから車で五分の場所にあった。高層ビルの上層階だ。

尚はだいぶ気後《きおく》れしつつビルに入ったが、エレベーターホールですれ違う中にはラフな格好の人も多く、目立たなくて済んだ。

ホテルの開業準備室ということで、ルカの言う通りオフィスとしてはごく普通だった。それでもルカの個室はやはりきちんと整えられていて、仕事をする場所というよりはホテルの一室のようだった。

「少し待っていて」

ルカはそう言ってノートパソコンに向かったので、尚はソファに腰かけた。

窓を背にした机、その手前にソファの応接セットといったレイアウトだが、装飾の類《たぐ》いが壁の絵しかないので空間がとても広く見える。

ルカの机の上にも、ノートパソコンと時計しかない。その時計はやけに存在感があって気になった。

奇妙だ。どっしりした土台の上に、長方形の枠に文字盤が入っている。文字盤は透明で、そこから俯くルカの表情が見えた。

なぜ透けて見えるのだろう。近くで見ようと立ち上がった時、ちょうどルカが顔を上げた。

「お待たせ。……どうした」

「これ、どうやって動いているの」

近くで見ても不思議だ。文字盤部分が透けているため、裏に歯車がないのだ。そのせいか、時計の針が宙に浮いているように見える。

「それはミステリークロックだ。水晶でできた文字盤と針が一体になっている。その盤ごと回転するんだ」

「この大きいのが水晶なの？」

それだけで高価なものだという想像はつく。ルカは頷いて時計にそっと触れた。

「そうだ。トライアーノ家に伝わっている。本家に行けばたくさんある。子供が生まれるたびに増やしているらしい。これは私が生まれた時に用意されたものだ」

「……ルカの家はすごいね」

ごく平均的な家庭に育った尚の家には、伝わるものなんてない。改めてルカとは生きてきた環境が違うのだと認識した。

好きなだけでは乗り越えられないものがある。彼から離れた時を思い出し、夢から醒《さ》めていくように頭が冷えた。

「そうだな、名前を聞いて好きだった相手が逃げ出すくらいにはすごいのだろう」

「………」

鋭い棘を返されたのならまだいい。だがルカの声はどこか自嘲《じちょう》気味でいたたまれない。でも尚にだって、譲れない部分がある。

「すごいよ。だから僕は、それを途切れさせたくないと思ってる」

代々続く家系を途切れさせてしまう存在にはなりたくない。口にしたのは本心だったのに、ふん、と鼻で笑われた。

「途切れる？　なんの話だ」

ルカは尚の隣に並んだ。

「君は結婚して子供を作らなきゃいけないんじゃないの」

家を継ぐというのはそういうことだと思って聞いた。途端にルカのまとう空気が剣呑《けんのん》なものになる。

「なぜだ」

「なぜ、って。君に跡継ぎは必要じゃないの？」

ルカの家のことを知って覚えた、怖いという感情のひとつにそれがある。いくら彼が自分を好きだと言っても、きっと彼はふさわしい家柄の相手と結婚し、子供を作ることになる。そんな未来があると分かっていたら、どうしたって逃げ腰になるだろう。

ルカは大きなため息をついた。

「私には姉も弟もいる。姉には子供が二人、もうすぐ三人目が生まれるらしい。弟も婚約中だ。私の跡はその時に最も優秀な者が継ぐ。直系にこだわるのではない。それが私たちトライアーノの一族だ」

昨夜とも、今朝とも違う硬質な声だった。尚が黙っていると、耳に手が伸びてくる。

「直系に生まれた男だけが跡継ぎという価値観は捨ててくれ」

ルカの鋭い眼差しと口調で、自分が踏み込みすぎたのだと気がついた。

「……ごめん」

素直に謝る。確かに、本家の長男が跡を継ぐと尚は思い込んでいた。それをルカの一族に押し付けるのは失礼なことだ。

「でも僕は、その価値観で生きているんだ。だから君とは合わないかもしれない。価値観の相違は恋人としては致命的だと思う」

だからこれ以上、好きになってはだめだ。ルカにだけではなく、自分に言い聞かせる。そばにいたらどうしたって惹かれてしまうのは、予感ではなくもはや事実だ。

「価値観は変えられる」

言い切ったルカが、尚の腰に手を回してきた。一気に距離が縮まる。

「尚が私の価値観を変えた。次は私の番だ」

「………」

黙って俯いた。そんな宣言をされても困る。改めて一ヵ月という期間を区切っておいてよかったと思った。

「ところで尚、本題に入っていいか」

するりと腕が解かれた。

「本題？」

「そうだ。座ってくれ」

なんのことか分からず、ルカに促されるままソファに戻った。ルカも正面に座る。

「ここに呼んだのは他でもない。ビジネスの話だ。君に依頼したいことがある」

「お願い？　なんだろう、僕にできることなんてあるのかい」

ルカの改まった様子に、尚は姿勢を正した。

「君にしかできないことだ。端的に言う。私的なパーティー用にジェラートを作ってほしい」

「パーティー用に？」

尚が興味を持ったと気づいたルカは、そうだ、と頷いた。

「私が代表に就任したことを記念するパーティーが約一ヵ月後に行われる。そこでジェラートを出してほしい」

「一ヵ月後……？」

ちょうど自分たちの恋人期間が終わる頃だ。尚は視線をテーブルに落とした。

「パーティー自体は前から予定していた。場所もリストランテと決まっている。実は前にもそこで身内のパーティーを行っている」

だが、とルカが話し続けるのを黙って聞く。

「うちの重鎮に、料理はうまいがジェラートに変化がなく飽きたと言われた」

「……飽きた？」

ひどい言われようだ。作った側の立場を想像して、尚の胸まで痛くなる。顔を上げると、ルカは憮然《ぶぜん》とした表情で腕を組んだ。

「そう。たぶん本心としては、私を困らせたいのだと思う。リストランテのものではなく、ちゃんとしたジェラテリエが作った、自分が知らないジェラートを食べさせろと言ってきた」

ルカは口元を手で覆ってため息をつく。グループの代表とはいえ、彼なりに大変な人間関係もあるのだろう。

「急な話で申し訳ないが、引き受けてくれないか。こちらの希望はジェラートが四種。ひとつでいいから、あまり見かけないような新しいフレーバーが欲しい」

そう言って目の前に差し出された紙を受け取る。誰が作ったのか、日本語の依頼書だった。

リストランテにジェラート四種類の納品、ショーケースの持ち込みはなし。とてもいい話だ。提示された金額も破格だった。

「素敵な話だと思うよ。……でもごめん」

尚は紙をテーブルに置いて頭を下げた。

「断るつもりか」

「うん」

即答する。それが意外だったのか、ルカは少し間を置いてから聞いてくる。

「なぜだ」

「依頼はありがたいよ。でもどうして僕なのか分からない。これは昨日の、一ヵ月間の契約に入っているのかな？」

仕事に恋愛感情を持ち込まれたことに、拒否反応が出た。それだけだ。

ルカは尚の反応が予想外とばかりに目を見開いてから、ため息をついた。

「そう解釈するのか」

「このタイミングではそう考えてしまうのも無理はないと思うけど。……要するに、公私混同みたいでいやだってこと」

ルカを利用している、そのために仲よくしていると疑いをかけられた記憶が消えてくれない。そんな打算はないと言いたいから、彼からの仕事を受けたくなかった。

「なるほど、理解した。だが私の話も聞いてほしい。まず、君が作ったジェラートは素晴らしいということだ。それは昨日よく分かった」

「ありがとう。その言葉だけで充分だよ」

ジェラートが好きなルカにそう言ってもらえるのは、たとえお世辞であったとしても自信に繋がる。

ルカは待て、と片手で尚が会話を終わらせようとするのを制した。

「初めから説明する。私はこの件で、新しいジェラートショップを探していた。おいしいジェラートを出す店があると聞いたらできる限り足を運んでいた。しかし、なかなか満足のいく店には出会えなかった」

ルカが肩を落とすのはなんとなく分かる。いくら和食を食べられるようになったとはいえ、彼の根本的な好みはイタリアのそれだ。ルカからすれば、日本のジェラートではあっさりしているように感じるはず。

「昨日も通り道に評判のいいジェラートを出す店があるからと聞いて、仕事帰りに寄ってみた。まさかそこで尚に会えるとは思わなかった。君の名前はどこにも出ていないだろう？」

「うん、まあ僕の店じゃないから」

調べても店の名前以外は出てこないだろう。尚の返事にルカは天を仰いだ。

「道理で君を捜していても見つからないはずだ。……とにかく、私はあの店で、君と好みのジェラートを見つけた。運命だと思った」

だから頼む、とルカが頭を下げる。

「……僕の一存では決められないから、返事は明日させてほしい」

「もちろん」

顔を上げたルカが笑う。そして依頼書を再び尚の前に置いた。

「条件があるなら応《こた》える用意はある。まずは相談してくれ」

「分かった」

頷いて尚は依頼書を受け取った。持っていた鞄《かばん》に入れてから、さて、とルカを見る。

「これで話が終わりなら、僕は帰るよ」

ここにいてもルカの仕事の邪魔になるだけだ。ルカは分かったと言い、立ち上がって鞄から何かを取り出す。

「これを」

二枚のカードを渡された。

「……何？」

「これが部屋の鍵だ」

こともなげに言われても、尚にはそれがどこの部屋の鍵なのかすぐに理解できなかった。

「ジムやプールを使う時はこちらのアクセスカードを使う。今日は会食の予定があるから遅くなる。食事もこのカードで済ませるといい」

ソファに戻ったルカが言う。多すぎる情報を頭の中で必死に整理して、手元のカードを見た。

「え、これ、あの部屋の鍵？」

ルカと一晩過ごしたあの部屋は、通常のホテルの客室ではなく、レジデンスといわれる住居部分だった。ホテルの施設も存分に使える住居らしい。朝のエレベーターの中でルカが教えてくれた。

部屋には一通り生活できるものが揃っているそうだ。昨夜はリビングから寝室に直行してしまったし、朝もバスルームを使ってリビングで食事をしただけなので、キッチンの存在にも気がつかなかった。

「もちろん。持っていてくれ」

当然のように言われて、尚は首を傾げた。

「持っているのはいいけど、僕はこれから家に帰るよ」

「なぜ？」

直球で問われて、尚はつい笑ってしまった。

「予定外の外泊だったから帰らないと。それに、明日からまた仕事だから」

「仕事なら私のところから通えばいい。一ヵ月しかないんだ、できるなら毎日でも君の顔が見たい」

そこでルカは目を見開いた。

「……それとも、まさか一緒に生活する家族がいるのか？」

その可能性を考えていなかったと言わんばかりの態度だった。尚はカードをテーブルに置いてルカを見やる。

「僕が実家にいるのかっていう話ならいいけど、浮気をする性格だと思っているならこのカードは置いていく。どっちかな？」

自分でも驚くくらいに不機嫌な声が出た。慌てたようにルカが首を振る。

「不貞の疑いではない。ただ、……君はずっと一人だと、思い込んでいた」

まう。

項垂《うなだ》れるルカを笑うのは失礼だろう。でもその落ち込む姿がかわいくて、頬が緩んでし

「心配しなくても僕は一人暮らしだよ」

「そうか。……よかった」

ほっとした様子で胸を撫でおろすルカを見ていたら、肩の力が抜けた。まあいいか、という気分になってくる。

二枚のカードを見た。たった一ヵ月しかないのは自分も同じ。思い出はどうせなら多い方がいい。

「分かった。明日の夜から、ルカのところに行くよ。それでいい？」

「もちろん、歓迎する」

話が成立した。明日のために持っていろと言われてカードを鞄にしまう。立ち上がろうとしたらまたルカに止められた。

「尚、連絡先を交換しよう」

「ああ、そうだね。そういえば交換してなかった」

連絡先を交わすこともなく求め合うなんて、どれだけ自分たちは急《せ》いていたのか。昨夜の自分たちの性急さに苦笑しつつ、尚はスマートフォンを取り出した。充電は残り九パーセントだった。

ルカと別れた尚は、まっすぐに自宅へ帰った。職場のカフェからは電車で約三十分、駅からは徒歩十五分だ。

まず着替えて洗濯を始めた。終わるまでに数日分の着替え類をスーツケースに準備する。掃除をしている間に洗濯が終わったので干した。

ごく簡単に掃除を済ませ、冷蔵庫の中身を確認する。自宅ではほぼ朝食しか食べないので、急いで消費しなければいけないのは牛乳だけだった。

牛乳多めのカフェオレを飲みながら一息つく。昨日から自分に起きたことが目まぐるしすぎた。やっと落ち着ける。

まさかルカと再会し、体を重ね、一ヵ月間を共に過ごすことになるとは思わなかった。仕事の依頼もされた。

あの場では一度断ったけれど、やってみたい気持ちはある。でも同じくらい、仕事を餌《えさ》にされたような悔しさもあるから複雑だ。どうしても打算で仲よくしていると思われていた悔しさが頭をよぎる。自分が思っていたよりもずっと、根に持っていたようだ。

「はぁ」

ため息をつき、頭をかいた。考えたいことが多すぎて、どこから手をつけていいのか分からない。

こんな時はとりあえず、とミニアルバムを取り出す。収めているのは昔の写真だ。癖のついた部分で開く。尚がルカと出かけた時の写真を収めたページだ。

仲のよい友人たちが楽しそうにジェラートを食べている、ごく普通の一枚。写真の中のルカは、ジェラートを手に弾けるような笑みを浮かべている。その人懐っこい表情を、当時の尚は大型犬みたいだと思っていた。

隣に写る自分は髪が少し長くて、やっぱり若い。

尚とルカと二人で写っているのはこの一枚しかない。だからずっと、尚の中で好きだったルカはこの姿だ。今のルカとは全然違う。

あんなにかっこよくなるなんてずるい。まず浮かんだ感情に自分で笑ってしまう。一体何がずるいのかは分からない。でもずるいと思ってしまう。

好き、だった。確かに過去形だった。昨日までの尚なら確実にそう言えた。でも今は、答えに迷う。

心の奥底にしまいこんだものが、くすぶり始めている。それが怖くて、尚はごろりとベッドに横たわった。

仕事を引き受けるか、断るか。考えていたはずなのに、自分が思っていたよりも疲れていたのか、すぐに眠ってしまった。

翌朝、尚は普段より少し早く家を出た。スーツケースを転がしながら電車に乗り、職場であるカフェに向かう。

「おはようございます」

従業員用の出入り口から入って挨拶をし、更衣室にスーツケースを置かせてもらう。着替えて念入りに手の消毒をしてから、ランチタイム直前の店内を確認する。

席は埋まり始めている。尚はジェラートのショーケースの前に立って中身を確認した。店長に依頼した分が商品として並んでいる。売り切れそうなフレーバーはなかった。明日分の仕込みは、ランチタイムが終わってからでいいだろう。

スタッフを食事に入らせ、尚は店長と並んでキッチンに入った。元々はイタリアンのシェフになるつもりだったから、厨房作業も特に問題はなかった。

店長は尚より一回り年上の人で、オーナーの知人の兄だと聞いている。数年後には独立の予定と言いつつ、何も動いてないと笑うようなおおらかな人だ。

「もう大丈夫です、昼どうぞ」

「ん、そうさせてもらうわ」

ランチの注文が落ち着いた頃、店長に昼休憩に入ってもらう。普段ならばもう客足は鈍るはずなのに、今日はなぜか注文が途切れなかった。

忙しいと余計なことを考えなくていい。目の前の皿に集中し、注文をこなしていく。

「小野原くんも食ってこいよ」

「はい、そうします」

日替わりのパスタを作り終えたところで、早めに戻ってきた店長と交代する。休憩室でまかないの昼食、コロッケバーガーを食べた。

昼を食べ終えたら歯を磨き、手洗いを済ませて厨房に戻る。ランチの営業が終わったのでメニューがスイーツ中心に変わる。

この時間から、尚はジェラートの作業に入ることにしていた。まずは昨日作ってもらっていた本日分のジェラートのベースを取り出す。イエローベースと呼ばれるベースをアイスクリームフリーザーに入れて、完成を待つ。

新しいフレーバー、とルカは言った。どんなものがいいのだろう。自分のレシピノートをめくりながら考える。

ジェラートは化学だ。素材のおいしさを最大限に引き出すために水分と固形分のバランスを考え、糖分の割合を計算する。どれだけ空気を取り込むかも大事だ。新しいフレーバーに挑戦したくなる。

夕方からジェラートの販売が忙しくなるので、その前に尚は明日の分のベース作りにかかった。

ジェラートのベースは主に二種類、ホワイトベースとイエローベースがある。どちらも主原料は牛乳と生クリームだ。両方をパステライザーと呼ばれる殺菌機に入れ、低速で攪《かく》拌《はん》する。温度が四十度になったら、混ぜておいた脱脂粉乳とグラニュー糖、トレハロースと乳化安定剤を順番に、だまにならないように入れていく。

このまま作れば出来上がるのがホワイトベースで、卵黄を入れればイエローベースだ。ベース完成までは時間がかかるので、その間にジェラートのフレーバーを追加する。冷蔵保存していたラムレーズン煮を取り出し、牛乳を混ぜて漉《こ》す。漉した液にラムレーズンの半量を混ぜ、本日分のイエローベースと共にアイスクリームフリーザーに入れてタイマーをかけて待つ。

時間になって残りのラムレーズンを加えて混ぜたら、ラムレーズンのジェラートの出来上がりだ。

「いらっしゃいませ」

テイクアウトの客が増えはじめると、ショーケースの前に立つ。追加したラムレーズンのジェラートの表面をスパチュラで波打つように成型した。ものすごく人気ではないが固定客のいるフレーバーなので、定番商品としていつも並べている。

客足を見ながら、ベースが出来上がる前にできる作業を進めていく。まずは使い切ったラムレーズン煮を作った。

ドライレーズンを取り出し、水洗いしてから煮る。煮えたらグラニュー糖を加え、火を止める。ラム酒を加えて粗熱を取ったらラムレーズン煮の完成だ。作ってから二、三日くらい冷蔵すれば味が馴染んでちょうどよくなる。

販売もしながらジェラートのベースを完成させる。出来上がったものは一晩寝かせておく。

ジェラートを買いに来る人が落ち着くのが大体六時頃、一息つける時間だ。

「すいません、相談してもいいですか」

夜のピークに向けて準備中の店長に声をかける。この時間は少し余裕があるのだ。

「どうした？」

「実は……」

ルカから依頼があったことを伝えた。もし引き受けるとなれば、店の厨房を使わせてもらうことになる。そのあたりはオーナーではなく、店長に相談することになっていた。

「いいんじゃないの？」

あっさりと許可される。

た。

「いいんですか」

「もちろん。顔にやってみたいって書いてあるのに、反対はしないよ」

ははは、と笑い飛ばされて、尚はどんな顔をすればいいのか分からなくなった。

図星だ。やってみたい仕事ではある。でもまさかそれが表に出ているとは思わなかった。

「じゃあその方向で進めます。よろしくお願いします」

「はいよ、決まったら教えて」

軽い返事で終わる。やりたいことをやらせてくれて、詳しいことを聞かない店長の性格がとてもありがたい。

「――お先に」

「お疲れさまでした」

早番の店長が帰る。尚は厨房に立つと、注文の間にジェラート用のアーモンドプラリネを作った。ある程度の量を一気に作り、シートを敷いたバットに重ならないように広げる。そのまま食べたら少し苦さを感じるくらいまでローストした方がジェラートには合うと思っている。酸化のしやすいナッツ類は、小分けにして冷凍保存だ。

そうして動き回っている内に、あっという間に閉店時間になった。立ちっぱなしの仕事にはもう慣れたけれど、やはり疲れはする。

た。

「お先に失礼します」

「お疲れさまでした」

閉店作業を終え、バイトを先に帰らせる。最後に厨房の確認をしてから店を出て施錠した。

さて、とスマートフォンを手に取り、ルカに連絡する。彼もちょうど会食が終わったそうで、迎えに来ると言われたが逆方向だったので断った。

スーツケースと共にルカの住む部屋へ向かう。　ポーターサービスを断り一昨日《おととい》と同じルートで部屋にたどり着くまで、やけに緊張した。

ルカの部屋にちゃんと入れてほっとする。スーツケースを置いて、洗面所で手を洗う。うがいをしていると物音がした。

「ただいま」

後ろから手が伸びてきた。尚のすぐ後ろにルカが立っていて、鏡越しに目が合った。

「……おかえり」

そう返したら、嬉しそうに目を細める。そのまま抱きつかれた。

「わっ、あぶないよ。もう」

前のめりになった尚は、ルカの手を引き離すと水を出した。そのままルカの手も一緒に洗ってしまう。

「夢みたいだ。尚がここにいる」

うっとりと耳元で囁かないでほしい。びくっと震えそうになるのを堪え、洗い終えた手をタオルで拭《ふ》いた。

「はい、終わり」

離れて、とルカの手を解く。案外と素直に手を引いたと思ったら、その場で体をくるりと回転させられた。

「んっ」

そのままごく当たり前のように、キスをされた。表面を軽く触れ合わせただけで離れるかと思ったのに、隙間から舌が入ってくる。

「……？　んっ、……！」

両耳をルカの手が塞ぐ。そうして口内を舐めまわされて、膝から力が抜けた。崩れ落ちそうになり、ルカにしがみつく。

ちゅく、くちゅ。ぴちゃ。脳に響く水音に体が溶けそうだ。

息が上がる。ルカの舌先が好き勝手に動いて、ついていけない。

キスに夢中になっている間に、シャツのボタンを外された。ベルトの外れる金属音が響く。こんなところでと頭の片隅で思ったけれど、すぐに何も考えられなくなった。

唇が離れたタイミングで息を吸う。口元を拭ったルカは勢いよく尚から服をはぎとった。

「待って、ルカ」

尚の制止も聞かず、ルカの手が体を這いまわる。

「ああっ」

鎖骨に口づけられながら乳首を摘まれてのけぞった。そうするとルカに胸元を差し出す形になってしまう。それを歓迎するかのように、硬くなったそこを舌先であやされた。

「は、ぁ……」

どうしてこんなに感じてしまうのだろう。胸元をくすぐるルカの髪に指を絡めた。顔を上げた彼が微笑み、下から唇を押し当ててくる。

唇の表面を舐められる。薄く開いてできた隙間に、だけどルカは入ってこなかった。

「ほら、もっと舌を伸ばして」

欲望にかすれた声に従い、ルカの口内に舌を忍ばせる。すぐに吸われて引き込まれた。絡みつくそれに応えて、奥を探る。

「いいよ、もっと」

来て、と甘い声に誘われて、夢中でルカに口づけた。頬の裏の柔らかさも、健康的な歯並びも、舌先で辿って確認する。

後ろで水音がする。冷たく濡れた指が背骨を確かめる。ルカが指を濡らしたのだと気が

ついた時には、その指は尻《しり》の狭間《はざま》に触れていた。

ルカの指は、まとったぬめりで後孔を濡らした。そして少しだけ、指を埋めてくる。

「痛くはない？」

黙って頷く。初めての時のような怖さがない分、余計な力が抜けた。

「あっ、……やっ……」

指が出入りする。水音が立つ。かき回され、喘いだ。ろくに触れられてもいないのに、性器は先端から体液を溢れさせている。

内側に埋められた指一本でこんなに乱されるのは悔しい。でも本当に、気持ちがよかった。感じてしまうのを止められない。

全身が熱い。指の数が増える。痛みはなく、違和感と圧迫感をやり過ごせば息もできるようになった。

「だいぶ柔らかくなってきた。分かるか？」

分かりたくない。でも分かってしまう。尚の体は、ルカを受け入れる準備を始めていた。一度でも経験してしまえばこんなにも従順なのかと、自分の体の反応に驚く。

「尚」

ルカに呼ばれて目を開ける。そっと口づけられ、その場でまた体を回転させられた。

「えっ」

目の前に鏡がある。そこに映るのは、欲望に蕩けた顔をした知らない男だった。慌ててぎゅっと目を閉じる。

弄られて解《ほぐ》れた後孔に、硬いものが宛てがわれた。ルカの手が宥めるように背中を撫でる。受け入れるべく尚が深く息を吐いた瞬間、鈍い痛みに襲われた。

「……ん、……くっ……」

体の奥深くを、ゆっくりと広げられていく。窄まった部分を暴かれる瞬間の苦しさに唇を噛《か》む。

どうしてこんなことを、ルカに許すのだろう。そんなことをぼんやりと考えながら、奥まで貫かれて口を開けた。

どっと汗が噴き出す。昂りが洗面台の大理石に当たってしまうのがいやで腰を引くと、いっそう繋がりが深くなった。

「積極的な尚も素敵だ」

ルカはそう言い、尚のうなじに顔を埋める。ゆっくりと彼が腰を引く。追いかけるように腰が動くのは無意識だ。

「あっ」

舐めるような速度で再び埋められたものに、覚えたのは歓喜だった。ぶわっと全身の毛穴が開くような感覚に頭を打ち振る。

ルカの手が腰を摑む。動けないように固定され、一気に奥まで貫かれた。

「っ……そこ、だめっ……」

張り出した先端部分で、感じてしまう場所を叩くように擦られる。そうするとすべての感覚が一皮むけてむきだしになって、何もかもが快感になる。埋められたルカをきつく締めつけながら、体が丸まった。

「最高だ」

ルカの乱れた吐息にすら昂る。

「っ、……も、う……」

いきそう、と告げる。腰を摑むルカの指に力が入った。

どうしよう。リズムが、呼吸が、重なる。初めての時よりもずっと気持ちがいい。

「ああ、私も、もう……」

もっと深くまで入りたいとでもいうかのように、肉づきの薄い尻を開かれる。そうしてぐりぐりと奥を突かれて、尚はその場に崩れた。

薄く目を開ける。鏡の中には蕩けた顔をした自分と、眉根を寄せて欲望に溺《おぼ》れるルカの姿があった。

「……もう、今日は無理」

洗面所で抱き合った後、バスルームでもまた繋がって、尚は疲れ切っていた。ろくに立てない尚をベッドルームに運んだルカは上機嫌で、甲斐甲斐《かいがい》しく水を持ってくる。

「悪かった」

お詫《わ》びとばかりに額にキスをされる。甘やかな視線もくすぐったくて、尚はわざとその空気を壊すような話題を口にした。

「昨日の件、だけど」

努めて冷静に切り出した。

「ああ、考えてくれたかい？」

「うん。……引き受けようと思う」

ぱあっと音を立ててルカの顔が輝いた。それは一緒にいた頃のような邪気のない笑顔だ。尻尾《しっぽ》がぱたぱたしているようにさえ見える。

「ありがとう。詳しいことはいつ説明しようか」

「別に今でもいいよ」

どうせもう動けない。そう思って言ったのに、首を横に振られた。

「それはだめだ」

ルカは口角を引き上げると、尚の顔を覗き込んでくる。

「ベッドに仕事は持ち込まない。公私混同はしたくないからね」

「…………」

昨日、自分が言ったことを返されてしまった。尚は苦笑しつつ、分かった、と頷いた。

「ルカの意見を聞きたいから、協力してほしい」

「もちろんだ」

力強く頷いたルカは、尚に添うように横になった。

「もう寝る？」

「そうだね、……疲れたから、眠たい」

素直に答えて尚は目を閉じた。次の瞬間、吸い込まれるように眠ってしまう。意識がなくなる直前、小さく笑ったルカに髪を撫でられたような気がした。


ルカの部屋からの通勤は、今までの半分の時間で済む。早めに店に入れたため、尚は店頭に並ぶジェラートを作り始めた。今日は土曜日で気温も高め、ジェラートの客が増える日だ。

冷凍ブルーベリーをグラニュー糖とレモン果汁と水あめでさっと煮て、粗熱を取る。ホワイトベースとヨーグルトと共にミキサーで混ぜて、アイスクリームフリーザーに入れる。出来上がるまでに飾り用のブルーベリーを殺菌して用意しておく。綺麗な紫色のジェラートができたら、ブルーベリーの実を飾って出来上がりだ。

フルーツのジェラートだけではなく、チョコレートや昨日作ったアーモンドプラリネ入りのフレーバーも作る。

ヘーゼルナッツ風味のチョコレートペーストとイエローベースはどちらも湯煎《ゆせん》してから混ぜて、アイスクリームフリーザーに入れた。出来上がったものの半分を容器に入れて、砕いたアーモンドプラリネも半分だけを加える。混ざったら残りの半分ずつを順に容器に入れて混ぜたら出来上がりだ。

ここでランチタイムになったのでジェラートの作業はいったん終了する。土日は平日よりもランチタイムの客が増えるので、店長と分担して作っていく。

慌ただしいランチタイムが終わり、昼食をとる。今日のまかないはカツサンドだったので食べながらレシピノートを見た。

ルカからの依頼を引き受けると決めた以上、真剣に考えたい。フレーバーは四種類となると、組み合わせのバランスや色を考える必要もある。

定番として欠かせないのは、バニラだろう。濃厚なイエローベースで作ればいい。黄み

がかった色に合わせるなら、赤と緑が欲しい。そうなると赤はいちごかラズベリー
緑は抹茶かピスタチオならバニラと合わせやすい。そうなると赤はいちごかラズベリーか。それにチョコレートとナッツを使ったものがいいだろう。

そこまで考えて、違う、と尚は頭を振った。知らないジェラートを欲している人が来るパーティーに、この四種類のフレーバーは無難すぎる。かといってすべて知らない味にするのは、バランスを考えると難しい。ルカの言うように、ひとつ新しいフレーバーを入れるのがよさそうだ。

改めて候補を考える。バニラは基本として入れたいので、残りは三つ。

レシピのノートを眺める。ルカの就任パーティーの招待客は半分がイタリアから来て、残り半分が日本の従業員だと書いてあった。

その味覚に合わせるなら、人気のある抹茶を入れよう。こくを出すのにマスカルポーネを足したタイプも試す必要がある。

これで白と緑が決まった。あとひとつ、とノートをめくる。できれば鮮やかな色がいい。いちごやラズベリーといったベリー系が頭に浮かぶ。手に入るならアロニアという手もある。ざらっとした食感は新鮮だ。とにかく色鮮やかなフルーツの枠は必要だと頭の片隅に刻んでおく。

あとはとにかく、あまり他の店でも見かけないものが必要だ。ほうじ茶とそばの実の

ジェラートでは色が地味だろうか。それとも、とノートをめくって手が止まる。酒粕《さけかす》の文字が目に入った。

酒粕を使ったジェラートはいつか店頭に出したいと考えていた。アルコールが入っているフレーバーは、ラムレーズンが既にあるため作っていなかったが、レシピはある。物珍しさを要求されるパーティーにはぴったりだ。砂糖が少なめでも強い甘さが出せるし、その割にはさっぱりした後味なので他のフレーバーとも喧嘩《けんか》しない。

とりあえず、作ってみよう。そうと決めたらすぐに行動だ。

「ちょっと出てきます」

着替えてから店のスタッフに声をかけ、外に出る。歩いて数分のところにあるスーパーの売り場で、酒粕を探した。

「……あった」

板状の酒粕を見つけたので、二袋買って戻る。着替えて手を消毒してから、午後の作業を始めた。

ホワイトベースとイエローベースを作っている間に、小鍋《こなべ》に水とグラニュー糖を入れて沸騰させる。火を止めて、酒粕を半袋分、細かくして入れた。今回の酒粕は、米の粒感が残っているタイプだ。

火を点け、焦がさないようにかき混ぜながら煮る。

「なんだ、いいにおいがするな」

店長が寄ってきて尚の手元を覗いた。

「酒粕のジェラートを試作してます。これだと甘酒ですよね」

「甘酒か。いいねぇ」

ほぼ溶けた状態で半量を取り出す。残りは過熱してアルコール分を飛ばす。これで酒粕のペーストが二種類、出来上がった。熱が取れたら、ホワイトベースが九、酒粕ペーストが一の割合で混ぜて、アイスクリームフリーザーに入れる。

加熱の差で出来上がりがどう変わるか楽しみだ。テイクアウトのジェラートの販売をしながら完成を待つ。

「……お待たせしました、ピスタチオとブルーベリーヨーグルトです」

客足がなかなか途切れない。やっと落ち着いてから、出来上がった二種類の酒粕ジェラートを並べて試食してみる。

「アルコール分を残すと、餅《もち》みたいになっちゃうな……」

味はいいのだが、もったりした食感がどうにも餅を連想させる。

「店長、試食お願いします」

キッチンの業務は落ち着いている時間なので、店長やスタッフにも食べてもらった。

「お、できたか」

どれ、と店長はまず、よく加熱したタイプを口に入れた。それから水を一口飲んで、もう片方も食べる。

「……どうですか」

「ん、うまいな。特に後に食べたやつの方がいい」

「こっちはアルコールを残しているタイプです」

そういえば店長はかなりの酒好きだった。聞く相手を間違えた気もする。

「ああ、だからか。この粒感がいいぞ、俺はこっちの方が好きだ」

「俺はこれ、すごく好きです」

キッチンのバイトは、アルコール分が飛んだ方が好みのようだ。ノートに感想をメモしておく。

「これ、パーティー用か？」

店長の質問にはいと頷く。すると店長は腕を組んで少し考え始めた。これは何かがよくなかったのだな、と尚は身構える。

「いいとは思うんだが、うーん。うまく言えないけど、背伸びしてる味がする」

「背伸び？」

どういう意味だろう。必死で頭を回転させる。馴染んでいないのだろうか。

「そう。なんかこう、酒粕のポテンシャルとは違うところを伸ばそうとしている感じ」

「ああ、なるほど。分かりました」

たぶんこの作り方では、酒粕のよさを出し切れていないのだ。納得して、課題としてメモをとった。

「じゃあこれ、よかったら食べて。アルコールのテープが貼ってある方は、お酒に弱い人は食べないようにね」

キッチンとホールのスタッフに声をかけておく。試作品は休憩時間のおやつになるのだ。感想のメモ書きをお願いしておき、使った器具の洗浄を始める。

考えて試して片付ける。新作を作る時に必要な工程は、とても楽しい。そしてそれを、おいしいと言ってもらえたら最高だ。

ルカが食べるところを想像して、尚は頰を緩めた。


週末はジェラートの回転が速い。翌日分の準備のために閉店後も作業をして、尚がルカの部屋に帰ったのは日付が変わる頃だった。

「……ただいま」

ルカはリビングのソファに座って窓の外を眺めていた。

「ああ、おかえり」

振り返ったルカの目が沈んでいる。今も昔も、こんなに暗い表情を見た記憶がない。

何かあったのだろうか。様子がおかしいのはハグと頰へのキスで分かったけれど、とりあえず触れないでおく。

手洗いを済ませ、何か食べるものはあったかとキッチンに向かう。この部屋はホテルと同じルームサービスが使えるが、そんなに本格的なものは求めていない。もっと軽いものを食べたい気分だった。

チーズとナッツを手にリビングに向かう。ソファにいたルカが手招きをするので隣に座るといつもより乱暴に抱き寄せられた。

「尚」

彼の目には、見たことのない暗い熱がある。

「何かあったの」

「いや。ただ尚のことを考えていた」

明らかな嘘だ。尚は追及せず、ルカの好きにさせることにした。ソファに押し倒され、そのまま顔中にキスをされる。

首筋に顔を埋めたルカの動きが止まる。

「……知らないにおいがする」

「え？　なんだろ。先にシャワー浴びてくる」

尚はルカの肩に手をかけた。その手を取られ、ソファに押し付けられる。

「離して」

「だめだ。……このまま」

首筋に痛みが走る。かじられたのだと分かった時にはもう、ルカの手は胸元に伸びていた。

「ねぇ、逃げないからシャワーを」

乱暴にシャツを脱がされる。尚を組み敷いたルカは、低い声で告げた。

「ひどくしたい気分だ」

そんなことを言われたら、どうすればいいのだろう。

「……や、めっ……」

迷う尚の唇をこじ開けて指が入ってくる。歯列を探って頬の裏をくすぐられる。閉じられない唇から唾液が溢れても、拭う余裕なんてない。

「んんっ」

口内を指でまさぐられ、息が詰まる。苦しい、それだけならいいのに、なぜか頭の芯《しん》が蕩けるような快感があるから困る。こんなことで感じたくなんてないのに。

指が抜かれ、必死で息を吸う。その隙《すき》に下着を引き下ろされた。そのままソファに膝をついた彼は、躊躇うことなく尚の性器に唇を寄せる。

「いやだ、ルカ、……シャワーでしてもいいから、やめっ……」

必死で抵抗するが、ルカには届かなかった。彼は大きく口を開けると、尚の性器を飲みこんだ。

「ふ、ぁ」

熱く濡れたものに包まれると、先端から蕩けてしまいそうだ。いきなり襲ってきた快感でソファに体が沈んだ。

尚の体から力が抜けたことに気がついたルカが、足を大きく広げさせる。明るいリビングで下肢を無防備に晒し、その中心を口で愛撫《あいぶ》される状況がいたたまれない。

昂りを頬の裏で抱きしめるようにした状態で頭を上下されて、じっとしていられず腰が揺れる。

「いや、……やめっ」

両足を折りたたむように持ち上げられる。ルカの指が確かめるように窄まりを撫でた。

「っ……」

ゆっくりと口内から性器が抜け出る。肩で息をしていた尚が落ち着く間もなく、昂りとは違うところに濡れた感触がきた。

「……？」

何が起きているのか分からず、視線を下半身に向ける。ルカが尚の足の間に顔を埋めていた。

「そんな、……やめっ……」

信じられない。性器からその下の袋、更には窄まりにまで、ルカの舌が伸びてきた。自分でも見たことがないような場所を舐めまわされる羞恥に、頬がかっと熱くなる。

ぴちゃ、くちゅ。じゅる。いろんな音が響く。

聞きたくなくて耳を塞ぎ、見たくなくて目を閉じても、体内に舌が入ってくる感覚はリアルだった。

「あ、ぁ……」

舌を出し入れされる。内側が潤ったところで指を入れられて、縁を揉まれた。

「……ルカ、やめ……」

誰かによって与えられる感覚にまだついていけない。その奥にある快感も恐ろしい。

——でも、知りたい。怯えと期待は似ている。

「もう平気か」

問われて薄く目を開けた。ルカは右手で尚の後孔に触れながら、左手で自分の昂りを扱いていた。

尚を見下ろす目も、荒い息も、どれも獣じみている。

怖い。でも、そのぎらついた眼差しに、胸が高鳴ってしまう。いつものどこか余裕がある彼とは違う。

まるで、昔の彼のようだ。

尚の意識が逸れたのが気に入らなかったのか、ルカは尚の体を簡単に持ち上げると、そのまま床に下ろした。

膝をつき、ソファに上半身を預ける形になる。尻を持ち上げられ、最奥が指で広げられた。

荒い息遣いが背中に落ちる。熱が押し当てられ、息を吐いた。

「……んっ、……入って、くる……」

一番太いところまでを一気に押しこまれる。衝撃に腰が揺れた。昂りはもう爆発寸前だ。ルカの唾液に濡れてひどくいやらしく見えるそれから目を逸らす。

「もっと、奥まで入りたい」

肩の下から手が回され、動けない状態にされた。何をするのかと思ったその時、ゆっくりとルカが体重をかけてくる。

「だ、め……！」

ぐっと繋がりが深くなった。深いところを先端で突かれただけでなく、その奥が開こうとしている。

「い、やだっ……ルカ、やめて……」

こんな快感を知りたくない。そう思うのに、体は従順に快感を拾っていく。そしてきつい締めつけを潜《くぐ》り抜《ぬ》けて、それが奥に入ってきた。

「うっ、……あぁっ……」

咄嗟に何かを掴もうとして手は宙をさまよう。のけぞろうとしたが押さえ込まれる。深く繋がった場所からはぐぷっと派手な音がした。

「ひっ……」

目も口も閉じられず、視界は裏返った。繋がったところだけがやたらと熱いと思っていたら、そこから全身がかっと熱くなる。

「ルカ、抜いて……変だ、これ……」

声が震えた。今にも全身がばらばらになりそうな感覚が恐ろしい。

「知らなかったな」

ルカの声が背中に落ちてくる。

「君は少しひどくする方が感じるのか」

「ちが、う……」

自分の声が、こんなにも糖度が高く艶《なま》めくなんて知りたくなかった。

「今まで優しくしすぎて悪かった」

奥をこねるような動きに息が止まる。目の前がちかちかして、手足に力が入らない。

「……っ、……ルカ、違うんだ、やめっ……」

　自分はずっと、淡白だと思っていた。性的な欲求を覚えることは少なく、誰かを好きになることにも興味がなかった。心身共に、そういったことに希薄だと信じていた。

　それが、こんな短期間で変えられてしまった。これ以上、身も心も変わってしまうのが恐ろしい。ルカと離れた後の自分はどうなってしまうのだろう。

「何が違う？　こんなに吸いついてきて」

　うっとりした声と共に、耳朶《じだ》を噛まれた。確かに尚の体は、ルカをただ受け入れるだけではなく、嬉しそうに先端に吸いついている。

　段差のある部分が奥を開いては戻すせいで、もうぐちゃぐちゃだ。どこまでが自分で、どこからがルカかも分からない。

「ひゃっ」

　ルカの手が尚の胸元を撫でる。軽く撫でられただけで硬く主張を始める乳首を指で挟まれ、軽く引っ張られた。

「あ、……う、そっ……」

　両方の乳首を同時に摘まんで押しつぶされる。少し痛いくらいの強さに背がしなる。閉じられない唇から唾液が溢れて顎《あご》を伝う。

揺すられるまま声を上げて喘いでいると、ルカの手が乳首から下腹部へ向かった。

「……！」

ルカの手に力が入る。押されるとルカの昂りがちょうど感じてしまう部分に当たった。

「んっ」

その刺激で、達しそうになった。ぶるぶると震える体を、ルカが抱きしめる。

「……あっ……だ、め……や……」

執拗《しつよう》に同じ場所を突かれて、ただ声を上げるしかできなくなる。快感を連続で与えられているから、何も考えられなくなった。

達したい。刺激を求めて腰が揺れる。

昂りの先端をルカの手が包む。頂点が見えてきて、それに向かって全身の血液が集中する。

「っ、い、くっ……」

ルカの手に向けて、浅ましく腰を振りながら達した。彼の手を汚すと分かっていても止められない。射精はすぐには終わらず、断続的に熱を放つ。

「は、ぁ……」

背筋から脳までを貫くような快感で、呼吸が止まる。小刻みに震える体が落ち着くまで、ルカは動かなかった。

「尚」

耳にルカの声が響く。まだ達していない彼に、もう平気だからと伝えようとした時、だった。

「……やだ、やめっ……」

達したばかりの性器の先端を、ルカの手のひらが包む。敏感なそこを強めに刺激されて、快感とも痛みとも違うものに襲われた。

むずがゆくて、すっきりとしない。でも快感の芽がある。正体の分からないそれから逃げるように身をよじっても、ルカの手が追いかけてくる。

「……え、……」

腰の奥からむずむずしたものが上がってきて、尚は目を見開いた。これに似た感覚を知っている。でもそんな生理現象がここで起こるはずがない。

だが否定しても、波のように打ち寄せるそれは引いてくれなかった。

ぶるぶると震えて、手足の指を丸めて、のけぞって、なんとか堪えようとした。けれど無理だった。体が心を裏切る絶望の中、一気に快感の波が押し寄せてくる。尚はそれを止める術《すべ》を知らない。

「あ、あぁ……いやだ、……見るなっ……」

ぴしゃっと音を立てて、体液が飛び出す。放った瞬間は粗相をしたのかと思った。でもきっと違う、もっと軽くて勢いがある。

床に放たれたそれを見て、ルカが満足げな声を漏らした。脱力した尚の顔を強引に後ろへ向かせた彼は、うっとりと囁く。

「最高だ。もっと感じる顔を見せてくれ」

崩れ落ちそうな体を支え、彼が動きだす。奥深くを容赦なく貫かれ、尚はもう何も考えられなくなった。

「はぁ……」

ため息と共に、尚は口元のぎりぎりまで湯に沈んだ。

リビングで気を失うくらい抱かれた後、バスルームに運ばれた。疲れて指一本も動かせないので、ルカが全身を丁寧に洗ってくれた。

「大丈夫か」

バスタブで尚を後ろから抱いたルカが心配そうに声をかけてくる。リビングでの荒れた雰囲気はすっかり消え、普段の落ち着いた彼に戻っていた。

何があったのかと聞くことは簡単だ。普通の恋人同士だったら、きっとそれで解決した

だろう。でも、と尚は視線を湯に落とす。期間限定の関係で、どこまで踏み込んでいいのか分からない。

「……こういうの、やだ」

ぽつりと呟《つぶや》くと、肩に手が回された。こめかみにルカがキスをしてくる。

「そうか、君の反応は随分とよかったが」

否定したいが、自分の痴態を思い出したらそれもできない。尚が唇を噛んでいると、耳元でルカが笑った。

「もっと尚を知りたい。君の好きな私になりたい」

どうすればいい、なんて甘い声で聞かれても困る。

「……僕が好きだったルカは、そんなに自信たっぷりじゃなかったよ」

ひどいことを言っている自覚はある。でも言わずにいられなかった。だって、と心の中で続ける。尚が好きだったルカは、もっと……。

その先が浮かばずに、尚は湯の中で意味もなく手を動かした。自分が好きだったルカは、今の彼と何が違う？　具体的なことが何も出てこない。

「まったくひどい男だな」

ルカが大きなため息をついた。

「私がこうなったのは、君を手に入れるためだ。その責任をとってくれないのか」

後ろから緩く抱きしめられる。簡単に振りほどけても、そうしないのは尚の意思だ。

「責任？　勝手なことを言うんだね」

「そうだな。優しくしていても君が手に入らないなら、勝手にもなる」

作ったような明るい声だ。ルカを傷つけたのだと、改めて思った。

好きだと告白し、返事をくれと言った相手が姿を消した。その状況で彼が傷つかないはずがない。もっとやり方はあったと、今なら思う。あの時の自分は焦りすぎていた。

時間は戻せない。許してほしいというのも、傲慢《ごうまん》な気がする。ではどうすればいいのだろう？

「私はしつこい性格なんだ。どんな手を使っても、尚を手に入れる。覚悟してくれ」

誓うとばかりに耳にキスをされた。

今、ルカはどんな顔をしているのだろう。見たいけど、もし見てしまったら、何かが変わりそうで怖い。

「……一ヵ月の約束だよ」

自分に言い聞かせるように尚は言った。そうしないと、二人きりのバスルームで、何かが溢れ出してしまいそうだから。

た。

「……小野原くん、ちょっと」

店長の声が聞こえる。誰かを呼んでいるなと考えて、数秒後にそれが自分だと気がつい
た。

「あ、はい」

我に返った尚が、鍋をかき回している店長を見た。

「それ、大丈夫？」

「……なんとか」

手元には、殺菌したいちごがある。流水ですすいでいたのだが、気がつけばざるもいち
ごもすっかり冷たくなっていた。

「あ、……すみません、考えごとをしていました」

「うん、それは見れば分かる」

苦笑されてしまい、肩を丸めて再び謝った。

朝からどうも、自分自身の様子がおかしくて戸惑う。昨夜から微熱が取れないようなけ
だるさがある。何か言いたげなルカと口も利かずに部屋を出てきてしまったのも気にか
かっていた。

どうすればよかったのだろう。頭の中でぐるぐると考えてもまとまらない。

「調子が悪いようなら休んでていいよ。今日のランチ、ハヤシライスだから俺一人でもいける」

「大丈夫です」

意識を仕事に戻す。洗い終えたいちごと水あめをミキサーにかける。それをホワイトベースと混ぜてアイスクリームフリーザーに入れて一息つくと、新作のジェラートにとりかかる。今はとにかく仕事に集中しよう。

酒粕のジェラートは、カフェのスタッフに試食をしてもらった結果、粒が気になるという意見が半数をしめた。店長は粒が好きと言ってくれたが、このあたりは好みだろう。食感をとるか、なめらかさか。まずはどちらのタイプも試作してみることにする。

なめらかなタイプを作るには、酒粕をそのままではなく、きちんと溶かす必要がある。どうするのがいいか考えた尚が行き当たったのは、幼い頃に祖母が作ってくれた甘酒だった。

あれはするりと飲めてとてもなめらかだった。どうしてあんなになめらかだったのかと考えても、作っている場面を思い出せない。当の祖母は、尚が帰国したすぐ後に亡くなっている。

作り方をちゃんと聞いておくべきだった。同居していた母は知っているだろうか。考えながらいちごのジェラートを作り終えた。こんな風に自分の心だって凍ってくれたら楽なのにと思いつつ、表面をならして店頭に並べる。

ランチの営業を終えて休憩に入ると、尚は早々に食事を終えて実家の母親に電話をした。日曜日なので家にいてくれてよかった。

「おばあちゃんの甘酒？　急にどうしたのよ」

「ちょっと仕事にいかそうかと思って」

尚がそう言うと、母がうーんと唸《うな》った。

「そうは言っても、ごく普通の作り方よ。ちぎってふやかした酒粕にお砂糖を入れて、すり鉢で擦って」

「すり鉢、そうだ、手伝った記憶がある」

祖母がすり鉢を使う時、滑らないように押さえるのは尚の係だった。あれは甘酒を作っていた時の記憶だったのか。

「あんたはよく手伝ってたわね。酒粕を途中で摘まみ食いして、思ってた味じゃなくてしばらくいやそうだったけど」

笑い声に、そんなこともあったと思い出す。懐かしい思い出だ。そういえば幼い頃から、母や祖母が何か作っているのを見るのが好きだった。

「そうだ、それでちょっと牛乳を入れて、ざるで漉してたの」

「漉してた？」

そんなに手間をかけてくれていたなんて知らなかった。それであんなになめらかだったのかと納得する。

「そう。それでお湯を入れて温めて、……最後に白ワインを入れていたわ」

「白ワイン？」

想像もしていなかったものの名前も出て、思わず聞き返した。

「そう」

「うちに白ワインなんてあった……？」

実家の台所を思い浮かべる。祖父母と同居していた一軒家の台所に、ワインのあった記憶がない。

「おばあちゃんがぶどう酒って言ってたでしょ。あれよ」

「ああ、あれか。白ワインって言うから驚いたけど、そういやばあちゃんはぶどう酒って言ってた」

小柄な祖母は保存食を作るのが得意だった。台所の隅で作業をしている小さな背中を思い出す。あの味をできるだけ再現してみたくなった。ルカにも食べてもらいたい。

「ありがとう。助かったよ」

「それはいいけど、あんたは元気にやってるの」

母の声のトーンが変わった。

「うん、まあそれなりに」

　そういえば電話するのは久しぶりだった。実家は千葉でそんなに遠くないのに、イタリアにいた時よりも連絡していない気がする。

「心配に決まってるじゃない。あんたは昔からためこむタイプだから」

「……………」

　答えに詰まる。母が自分をそんな風に見ているなんて、今この瞬間までまったく気がつかなかった。

「僕、子供の頃からそうだった？」

　おそるおそる問うと、そうよ、と勢いよく返される。

「ショックなことがあっても泣かずに固まって、後から一人でしんどくなる子だったわよ。いやなことされても怒るのに時間がかかるし、その割には長続きしないんだもの。おとなしいかと思えば頑固だし」

　覚えがありすぎて耳が痛い内容だった。基本的な性格は変わっていないのだと痛感してため息が出そうになる。

「でもまあ、それがあんただからね。とにかく、無理はしないのよ」

「うん、分かった。……ありがとう、母さん。今度また家に帰るから」

「はいはい、待ってるわよ」

あまり本気にしていないような口ぶりで言い、じゃあね、と母は電話を切った。後ろで父親の声が聞こえた気がするけれど、お構いなしに通話は終わっている。実家のいつもの光景だ。

今度は父親とも話したいと言ってみよう。自分と似たタイプの父からは、また違った話が聞けるかもしれない。

スマートフォンを持ったまま、尚はその場で大きく伸びをした。

母と話しただけで、体が軽くなった気がする。甘酒のレシピを聞きたかっただけなのに、思わぬ効用だ。

改めて考えることなんてなかった自分の性格を指摘されて、苦笑いが止まらない。

自分は昔からそうだ。何事もうまく怒れない。きっとルカのことだって、家のことを隠されていたのだからもっと怒ってもよかったのだと思う。昨日のことも強引だと憤っても大丈夫だったはず。

でももうそんなタイミングではなくなっている。それならしょうがない。うまく怒れないのも自分なのだから、開き直ったらかなり気が楽になった。

休憩を終えて店に戻る。早速、新作の作業をしようと準備を済ませて厨房に向かった。

パンケーキを焼いている店長に、戻りましたと声をかける。

「実家に電話して、甘酒のことを聞いたんですよ」

「そうか、どうだった」

パンケーキから目を離さずに店長が言った。

「思っていたのと違いました。まず酒粕をすり鉢で擦りながら砂糖と混ぜてたみたいです。牛乳と、白ワインも入れてました」

「なんだ、洒落《しゃれ》たレシピだな。うちの実家は砂糖だけだったぞ」

「僕の記憶でもそうだったんですけど、違ったみたいで驚きました。すり鉢を用意して試してみますね」

ん、と頷いた店長がパンケーキをひっくり返した。綺麗な焼き色がついている。

「すり鉢ならあるから使っていいぞ」

「あるんですか？」

イタリアンの厨房にはないだろうと思いこんでいた。見かけた記憶がないが、と厨房を見回す。

「うん、その左隅の棚の一番上。クリスマスの食器とか色々入ってるところの、奥にしまった気がする」

「あ、そういえばお正月に使いましたね」

年末年始の特別メニューを思い出した。確か店長はイタリアンのし鶏というメニューをすり鉢を使って作っていた。

早速、季節ものが収納されている棚を開ける。赤と緑の飾りや皿が収められた奥に、茶色のすり鉢があった。すりこぎも一緒だ。

「じゃあこれで作ってみます」

「おう」

パンケーキにクリームを載せて仕上げている店長の横で、まずはすり鉢を洗った。

買いおいてある酒粕を冷蔵庫から取り出す。母に教わった通りのやり方で作っていくが、商品なので目分量とはいかない。ジェラートにするためにはきちんと計量する必要がある。安定したジェラート作りには糖度の計算が必要だ。

すり鉢に酒粕と全体が湿る程度の水を入れ、すりこぎで軽くつぶす。砂糖を混ぜて粒が見当たらなくなったら牛乳を大匙《おおさじ》で入れる。それをざるで漉して鍋に入れ、水を入れて温める。

甘い独特の香りが懐かしい。適温になったところで味を見た。

「……おいしい」

思わず出た言葉が届いたのか、店長が寄ってくる。

「どれ、どうなった」

「これです、どうぞ」

計量してから甘酒を渡す。一口飲んだ店長が目を丸くした。

「これはうまいな。小野原くんのところの味か？」

「ええ、祖母が作ってくれた味です。子供用はもっとぐつぐつ煮て、アルコールを飛ばしてましたけど」

鍋に入った、白くなめらかな液体を眺める。これだけで飲んでもおいしいが、ジェラートになったらどうなるのか。

「白ワインが入ってるなんて思わなかったな」

道筋が見えた気がする。この甘酒ペーストをベースと混ぜてアイスクリームフリーザーに入れたらどう変化するのか、楽しみだ。

「上品で手の込んだいい甘酒だよ。小野原くんの丁寧さのルーツはここかな」

頑張れ、と背中を叩かれた。祖母の味を褒められた喜びに頬が緩む。

鍋の半分は取り出して粗熱を取り、残りの半分は更に火にかけてアルコールを飛ばす。どんなものが出来上がるのか楽しみだ。

試作はルカに食べてもらおう。幼い頃に尚が口にした味を知ってもらうのだ。そう決めて、尚は鍋の中身をかき混ぜ続けた。

「おかえり、尚」

　仕事を終えて帰宅するなり、ルカに抱きしめられた。

　目を閉じて待つ。するとルカが頬に手を添えて、唇に触れるだけのキスをくれる。ルカとキスをするタイミングはもう、体が覚えてしまった。

「ただいま」

　でも今日は、少しの気まずさがある。それはたぶんルカも同じだ。彼の目がわずかに泳ぐ。

「昨日は悪かった」

　先にルカが言ってくれた。

「……僕も言い過ぎた。ごめん」

　一緒にいられる時間は一ヵ月だ。喧嘩しているのはもったいない。たぶんルカも同じ気持ちなのだろう。

「昨日、少しいやなことがあった。でもそれを君にぶつけたのは大きな過ちだった。反省している」

　殊勝な顔で頭を下げるルカに、いいよ、と笑った。

「ただ、今日はしないから」

　それだけは先に言っておく。昨夜の疲れのせいか、店を閉める頃には足が重たくなっていた。

「ああ、もちろん」

分かっている、と言いつつ腰に手が回る。その手を軽く払い、洗面所で手を洗ってうがいをした。

これでいい。怒ることが苦手な上に、持続しないのだと自分の性格を認めてしまえば、ストレスもない。

「食事は済ませたのか」

「うん、軽く食べた。あとこれ、持って帰ってきたから食べようと思って」

バッグからブリオッシュを取り出す。カフェの在庫だが賞味期限が近いので持って帰ってきた。

「ルカも食べる?」

「ブリオッシュか? 食べたいな」

「じゃあ軽く温めるね」

トースターに放り込み、焼ける間にカフェラテを入れる。このキッチンの使い方にもすっかり慣れてきた。

「……いただきます」

ダイニングテーブルでルカと向き合ってブリオッシュを食べる。イタリアの朝食の雰囲気だが、時間はもう夜の十一時だ。

「これを店で出しているのか？」

ブリオッシュを食べながらルカが聞いてきた。

「うん。一応、ブリオッシュ・コン・ジェラートもできるように置いてある。人気がないけどね」

ブリオッシュにジェラートを挟むのは、イタリアの特にシチリアではごく普通の食べ方と聞く。だが日本にはあまり浸透しておらず、一応メニューにはあるのだが注文はほぼないのが現状だ。

「そうなのか。このブリオッシュならマラガ、――ラムレーズンに合うだろうに」

「ルカならそう言うと思った」

ブリオッシュを食べ終えて皿を片付ける。洗い物はルカがやると言うので任せた。少量なので食洗機に入れず、慣れた手つきで洗いはじめる。

「ブリオッシュ・コン・ジェラートも悪くないと思うんだけどな。いつか店を出したらもっと大々的に置いてみたい」

「……店を出すつもりがあるのか？」

皿を洗う手を休めずにルカがこちらを見た。

「うん。いつかジェラートの店を出したいんだ。専門店にするのは厳しいとは思うけど、通販もすればどうにかなりそうとは思ってるよ」

手持ち無沙汰《てもぶさた》でつい、話しすぎてしまった。皿を洗い終えたルカが微笑んだ。

「君のジェラートなら大丈夫だろう」

「ありがとう、そう言ってもらえると励みになる」

「事実だ。君の作ったジェラートをまた食べたい」

手を拭いたルカが近づいてくる。店に来ようとするルカを止めているので、彼はまだ尚が作ったジェラートを一度しか食べていなかった。目立つ彼が来たらきちんと対応する自信がまだ尚にはないのだ。

「分かった、今度持ってくるね」

「ああ」

ルカは尚の隣の椅子《いす》に腰かけた。

「それで、……君の店の話をもっと聞かせて」

「うーん、そう言われても、まだ計画というより夢の段階だから……」

「構わない。尚が夢を語るのは好きだ」

でも、とルカは目を伏せた。

「その夢の中に私の存在がないのは悔しい」

口元を引き結んだルカの横顔を見つめる。自信に満ち溢れた彼が、時折見せてくれる人間らしい表情に惹かれてしまう。

　だからつい、聞いていた。

「ルカの夢に僕はいるの？」

　ぱっと顔を上げたルカは目を輝かせていた。

「もちろん。君はいつも私のそばにいてくれる。最近ではジェラートを食べさせてくれるようになった」

「夢の中の僕も進化してるんだ。すごいな」

　現実に合わせてアップデートしていく夢に笑いが出た。ルカの夢にいる自分はなんて幸せだろう。実際の尚は、ルカへの気持ちを整理できずにもがいているのに。

「じゃあ僕の夢にルカを出そうか」

「頼む。君の店を手伝わせてほしい」

　うーん、と腕を組んで想像してみる。ジェラートショップに立つルカの姿は、似合いそうで似合わない。なにより、今のルカがいるのはそこではないと思った。

　この部屋にいる時でも彼は仕事をしていることが多い。できるだけ邪魔しないように心がけてはいるが、彼の険しい表情を見ていると心配にもなってくる。

　と同時に、彼の頼もしさに見とれてしまうのだ。大きなものを背負って頑張る姿は応援したくなる。だってやっぱり、好きだから。

「ルカにはもっと、別の仕事があるよ」

尚の呟きが、会話を断ち切った。椅子に座ったルカが露骨に口を尖らせた。

「私もいい仕事をするつもりだが」

「うん、まあきっとすごく売れると思う。でもやっぱり、もったいないよね」

正直に言った。ルカがどれだけの仕事をしているのか、尚は知らない。あえて聞く必要はないと思っている。——違う、聞いてしまったら、もう戻れなくなりそうで怖いだけだ。

「…………」

はぁ、とルカがため息をついて顔を覆った。

「私たちの夢はどうして交わらないのだろう」

急に室内が静かになった。ルカが何も言わないから、尚も黙る。

しばらくして、ルカが口を開いた。

「今の私は、いくらでも君を甘やかすことはできる、欲しいものはすべてあげられる。でも君はそれを望まない」

「そうだね」

何かが欲しいから、ルカを好きなわけじゃない。それはどうしても譲れない都合だ。

「……あの時、君をすぐに捜して見つけていたら、今も私たちは一緒にいられたかな」

絞り出すようなルカの声に、尚は首を横に振った。

過去を仮定しても意味はない。自分たちはきっと、いろんなタイミングが悪かった。

夢の時間には終わりがある。そろそろ現実に戻る準備をしなくては。

「もしもの話はやめよう。……僕、シャワー浴びてくるよ」

ルカを置いて、席を立つ。尚、と呼ばれたけれど、聞こえなかったふりをした。


「今日はルカにお願いがある」

翌日、部屋に帰ってすぐ、尚はそう切り出した。リビングでタブレットを見ていたルカの表情が輝く。

「珍しいな、君からのお願いなんて。なんだろう」

乗り気のルカの前に、クーラーバッグを出す。

「ジェラートの試食をしてほしい。意見が聞きたいんだ」

「分かった。早速食べてみよう」

ルカに促され、ダイニングテーブルにジェラートを並べる。事務的な手でカップに入れた白いジェラートを渡す。受け取ったルカは、すぐに一口食べてくれた。

「……不思議な味だ。ミルクリゾットのような……？」

首を傾げつつ、スプーンでジェラートを掬《すく》う。

「おいしい。が、知っているようで知らない味なのが気になるな」

「食べたことがない感じ？」

「ああ、たぶん。口当たりがとてもいい、軽すぎない」

表情から見ても問題はなさそうで胸を撫でおろす。ルカはなんのフレーバーか考えているようで、目を閉じてジェラートに集中している。

「これは酒粕を使っている。日本酒を作る工程でできる副産物だよ」

説明だけでは分からないと思ったので、クーラーバッグに入れておいた酒粕を見せた。

目を開けたルカは、一口大にちぎった酒粕を見て眉根を寄せた。

「これが酒？　なるほど、面白いな」

「それはアルコールを飛ばしたものだけど、こっちも食べてみて」

次に渡したカップは、ペーストを作る時にアルコール分を残したものだ。

「……うまい」

やっぱり、と思った。ラムレーズンもラム強めが好きなルカの好みはこっちだ。

「どっちがいいかな、パーティーの客層として」

ルカはカップを見比べた。

「そうだな、アルコール分はあった方がいい。日本酒が好きな人が多い場だから」

「分かった、じゃあお店とも相談するけど、こっちにするよ。当日はこれに金箔《きんぱく》を添えて華やかにしようと思う」

日本酒に金箔なんていかにもな選択だが、そのくらいべたな和風の方が喜ばれる気がした。

「素晴らしい。きっとみんな喜ぶ」

ルカも気に入ってくれたのだろう。ジェラートのカップがひとつ、空になった。

「じゃあこの方向で進めるよ」

「よろしく頼む。ああ、パーティーが楽しみになってきた」

尚、と呼ばれて手を取られた。

「君も一緒に来るかい」

「僕が？　どうして？」

視線が絡む。何か言いたそうで、だけどルカは何も言わず頭を振った。

「ごめん、今のは忘れて」

熱のこもった眼差しで見ないで欲しい。凍らせておきたい気持ちが溶けてしまうから。

「……そうだ、ルカ」

ルカに握られていた手をそっと引く。そしてなんでもないことのように、尚は言った。

「パーティーの日がちょうど一ヵ月だから、……その日に、僕はここを出ていこうと思う」

夢の時間は終わりだ。その区切りにパーティーはちょうどいいと思った。

「だめだ」

身を乗り出したルカは、だめだ、ともう一度繰り返す。

「でも最初から、そういう約束だ」

「そうだな、でも、……その日にいなくなるのはだめだ。パーティーの日まではここにいてくれ。君と話したいことがある」

パーティー当日、尚の仕事は休みではない。いつも通りのシフトだ。答えに迷っていると、ルカの手が頰に伸びてきた。

「いいだろう、尚」

まっすぐに目を見たまま、顔を近づけないでほしい。どうしたってキスを待ってしまうから。

目を閉じる直前、尚は小さく頷く。ルカはため息と共に唇を重ねてきた。

「今日は休みだから、もう少し寝てる」

「分かった。早く帰るようにする。では」

水曜日、仕事に出るルカを見送ってから、尚は二度寝をした。起きた頃にはすっかり昼だった。

一度自宅に帰り、郵便物を確認する。こもった部屋の空気を入れかえ、クローゼットを開けた。普段は着ないジャケットを手に取る。

今日はこれから、ルカに依頼されたパーティーの会場へ打ち合わせに行くことになっていた。会員制のリストランテで、平日の営業は基本的に夜だけと聞いている。邪魔にならない時間となると、開店前しかない。

自室を出て、勤務先のカフェに立ち寄った。昨日作っておいたジェラートを持って、リストランテに向かう。

だが住所だけではたどり着けず、看板も見つけられない。途中で電話して場所を教えてもらった。

住宅街のはずれにある、一軒家がその店だった。

「……お電話した小野原です」

「いらっしゃい、どうぞ」

ドアを開けて迎えてくれたシェフはイタリア人で、握手と同時にハグされた。日本生活が長いので、日本語も大丈夫だと胸を張る。

「今回はよろしくお願いします」

「こちらこそ！　さあ、まずは座って」

案内されたのはカウンター席だった。電気が点いていなくとも、店の調度が上品にまとまっているのが分かる。

「それで、今回のジェラートはどんなものを持ってきますか」

軽く自己紹介をしてから、シェフは仕事の話に入ってくれた。話が早いのはありがたい。

「ジェラートはこの四種類を持ち込む予定です」

印刷してきた紙を見せる。当初の予定通り、定番のバニラに抹茶。彩りを考えた結果、赤はいちごのショートケーキをイメージしたジェラートにした。カフェで冬に並べているフレーバーだ。日本で独自に発展したショートケーキをジェラートに落としこんだもので、甘さも強めにしてある。

最後は酒粕のジェラートだ。ルカの意見も聞き、アルコールの風味が残るものを採用した。

「バニラに抹茶、この抹茶はマスカルポーネ入り。ショートケーキ、面白い。酒粕も気になる」

「持ってきました。ぜひ食べてください」

クーラーバッグからジェラートを取り出す。すぐに試食できる小さなカップの他に、このリストランテの人に食べてもらう分として大型カップも用意してきた。

「どれ」

ひとつずつ、目の前で食べていくのを緊張しながら見守る。シェフは水を用意すると、一口ずつジェラートを食べながら、頷いてくれた。

「おいしかった。これはすべて君が作ったの？」

明るい笑顔にほっとする。とりあえずは合格点と思っていいだろうか。

「はい、全部作っています」

「ふむ。面白い。当日に考えているメニューとも合いそうだ」

シェフが腕を組んだ。しばし考えた後、空のカップを指さす。

「特にこの酒粕のジェラートは、最後に日本酒と合わせるとおいしいね」

「ありがとうございます」

頭を下げる。シェフは温度等の注意点を確認した後、それで、と尚に聞いてきた。

「ジェラートを持ってきてくれた後、君はどうするの。盛り付けもするのかい？」

「いえ、当日は仕事があるので、そのまま店に出ます」

素直に答えると、シェフは不思議そうな顔をした。

「店というのは君の働く店だね？」

確認されて頷く。何かおかしなことを言ってしまっただろうか。

「君は自分の手でジェラートを出したいとは思わないの？」

考えたことがない質問に固まる。シェフは肩を竦めた。

「うちで出すのは大歓迎だよ。うちのパティシエはジェラートに苦手意識があるみたいだから、君が当日ここで色々と教えてくれるなら喜ぶさ」

茶目っ気のある言い方だった。

「……ありがたいお言葉ですが、その日は仕事で」

ひどく落ち着かない気持ちになりつつ、言葉を選ぶ。ルカの依頼は既にシフトが出た後だったから、ただジェラートを持ち込むことしか考えていなかった。

「それなら仕方がないけど。じゃあ君のジェラートは任せてもらうよ。最高の状態で出すことを約束する」

「よろしくお願いします」

頭を下げる。残りのジェラートも試食用に預けた。

「ところで君の店は卸《おろし》はしてないの？」

「ええ、今のところ。考えてはいますが」

「そうだろうね、きっとルカが放っておかない。彼も君になら店を持たせるだろう」

やっぱりそういう考え方になるのか。内心でため息をついた時、シェフが尚の肩を叩いた。

「どうした、そんな顔をして」

「いえ、別に」

強張《こわば》った顔をごまかすように笑ったつもりだった。シェフは何度か瞬《まばた》いた後に確認してくる。

「君はルカの友人と聞いているが、違うのかい？」

「いえ、……友人だからこそ、店を持たせてもらうような関係はいやで」

正直な言葉が口から出た。おや、とシェフが首を傾げる。

「どうしてだろう。いい話じゃないか」

「………」

端から見ればそうなるだろう。自分の気持ちを話しても理解されない気がして尚は俯いた。

シェフは尚を見て、興味を隠さずに問いかけてくる。

「君が何にこだわっているのかはよく分からないけど、ひとつ聞いておきたいんだ。――彼の名を背負うことは、君の誇りにはならないのかい」

「……誇り？」

意味が分からずに、そのまま聞き返してしまう。

「そう。トライアーノに選ばれたという誇りさ」

にこっと笑われて、返事に困った。だってそんなことを考えたことはなかったから。

「きっと君は、何事も難しく考える方だろう？　うちのスタッフにもいるからよく分かるよ。でも、時にはシンプルに物事を考えるのも必要だ」

そうだろ、と背中を強く叩かれた。分かるようで分からない。戸惑う尚の前で、シェフがジェラートを口にした。

「君はこんなにおいしいものを作っている。それに自信を持ちなさい。そしてそれを認めてくれるルカを信じるといい」

ルカを信じる。

その一言は、尚の中にずっと引っかかっていたものを溶かすくらいに、温かな響きをしていた。

パーティー当日、尚は作り上げたジェラートをリストランテに納品した。受け取ってくれたシェフに、金箔は別添えでとお願いする。

「任せて！」

笑顔のシェフとは握手をして別れた。

「遅くなりました」

納品を終えてカフェに出勤した。今はこのカフェが自分の仕事場だ。

日々の仕事をきっちりと、丁寧にこなす。それが今の自分にできることだから。

夜の営業時間中、ふと気になってスマートフォンを確認すると、シェフから一枚の写真が送られてきていた。

四種のジェラートが皿に綺麗に盛られている。ほっと胸を撫でおろす。と同時に、もやもやとした。

どうせなら、自分の手で出したかった。

シェフに問われてから、ずっと頭に残っていたことだ。

ジェラートを作ることだけが自分の仕事ではない。それを目の前で盛り、食べてもらうまでが仕事。そう考えたら、最後の仕上げだって自分でできたらよかった。

シェフの言葉が脳内に響く。誇り、と彼は言った。そして自信を持てとも、ルカを信じろとも。

それならやはり、自分で提供したかった。

話があったのは一ヵ月前だから、シフトなんてどうにもできたはず。それを考えなかったあたりに自分の未熟さを思い知る。感情が先走って冷静ではなかった。

最後まで自分の手で出せなかった後悔を胸に、ルカの部屋に向かう。パーティーはもう終わっているだろうか。

帰宅した部屋は暗かった。電気を点け、手を洗ってから、各部屋を見て回る。

明日にはここを出るつもりだ。スーツケースひとつできたはずなのに、荷物はなぜか増えている。それらをすべてまとめておく。

確かルカも、もうすぐここを出るはずだ。これから彼はどうするつもりなのだろうか。

ここ数日、忙しそうなルカとはろくに話もできていない。眠りも浅い様子で、表情にも陰りがある。それに手を差し伸べようにもうまくいかず、結局体だけを重ねている。

自分は背負うものが大きい彼を受け入れられる人間じゃないとよく分かった。期間限定でちょうどいい。それまではめいっぱい、甘やかして甘やかされよう。思い出を作ったら、それを抱えて生きていく。――そのつもりだったのに。

やっぱり、寂しい。ソファに座り、この一ヵ月のことを思い出す。もっと二人で、セックス以外のこともすべきではなかったか。

思い出しただけで頬が熱くなるくらい、愛し合った。でもちゃんと話はできていない。

お互いの休みが重ならず、どこかに出かけることも叶《かな》わなかった。

一ヵ月という時間があれば他にできたこともあったはず。それを考えている内に胸が痛くなり、痛みを逃がそうと息をつく。

それでも胸が苦しい。とりあえず何か飲もうと立ち上がった時、ただいま、という声がした。ルカが帰ってきたのだ。

リビングのドアが開く。ルカは満面の笑みを浮かべていた。

「おかえり」

スーツ姿のルカといつものようにキスをする。もうすっかり日常になったこのキスも、今日が最後だと思うともう少し続けたくなる。離れようとしたルカに尚から唇を寄せ、触れるだけのキスをした。

「ありがとう、好評だった」

ソファに並んで腰かける。上機嫌のルカは、尚の肩を抱き寄せた。

「君のジェラートは大絶賛だった。あの口うるさい人が褒めたんだ。素晴らしいと！」

まるでミュージカルのように大きな声と身振りだった。それで、とルカは更に声を弾ませた。

「今のプロジェクトが軌道にのるまでは、私は日本にいることにした」

「……日本に？」

「そうだ。そして私は決めた」

何を、と目線で促す。

「うちのホテルに、君のジェラテリアを作る」

「……は？」

いきなり何を言いだすのか。固まる尚の前で、ルカが続ける。

「今日の集まり、名目はともかく、実際はジェラテリアの選定会議も兼ねていたんだ。トライアーノのホテルの一階にはジェラテリアが必要だと重鎮がうるさくて。既存のホテルと付き合いのない店を探していたら君に出会えた」

それで、とルカは尚の手を取った。

「話しただろう。君の夢の中にいたいと。店で働くのはだめだというから、では君が、私のところで店を出すのはどうだ？」

「それは」

あまりの勢いに目を白黒させる。ルカは更に身を乗り出してきた。

「仕事に私情を交えたくない気持ちは理解している。だがそれで、君の才能を諦《あきら》めるのは惜しい。私は君も、君が作り出すジェラートも好きだ。そしてどちらも手に入れたいと思っている」

だから頼む、とルカは尚の手を引いた。

「今日で約束の一ヵ月が終わる。これからの選択肢は三つある」

「三つ？」

嵐《あらし》のようなルカに翻弄されつつ、尚は問い返した。

「ひとつはこのまま私と恋人になること。ふたつめは……言いたくない」

肩を竦めたルカに苦笑いをする。彼が言いたいのはつまり、これで終わりということだろう。

「三つめは何？」

「……君の答えが出るまで、期間を延期する」

先延ばしの選択肢があるなんて知らなかった。笑顔のルカにつられて尚も笑ってしまう。

「君が選ぶんだ、尚」

「僕は……」

今までの自分なら、あっさりと断っていた。恋愛と仕事は別という線引きは譲れなかったから。

でも、と改めて思う。

公私混同だと思うこと自体が、ルカに対して不誠実ではないのか。親しくもなかった男の言葉ばかりを気にして、ルカと向き合わないのはどうなのか。

シェフと話して、自分の作ったものが他の人間によって提供されるのを見て、自分がかたくなに信じていたものが揺れている。

「尚を見ていたら分かった。君は私が手を差し伸べても拒む。ならばいっそ、背中を押せばいいのではないかと。君の力になりたいんじゃない。私の力になって欲しいんだ」

まっすぐな眼差しが、心の中で凍っていたものを溶かそうとする。

「店の話は魅力的だ。それに、……ホテルの一階なら、君がいてくれるのも嬉しい」

自分の店にいるルカはもったいない。でももっと大きな場所にいる彼が寄り添ってくれるのは、嬉しい。

シェフの言葉が頭に浮かぶ。

誇り。自分ははたして、ルカが誇れるようなものを作れるだろうか。

「尚」

ルカの手が頰を包む。じっと見つめられて、彼の薄茶色の瞳が自分でいっぱいになった。

「君は私を不幸せにしたい？」

頰から耳へと指が移動する。優しく撫でられると、心が絡めとられていくようないたたまれなさを覚えた。

「まさか。幸せになってほしいと思うよ」

本心だ。好きだから彼には幸せになってもらいたい。だからこそ自分と一緒にいてほしくない。

「ではそばにいてくれ。私の幸せは、君といることだ」

「でも」

やっぱり、と弱気になってしまう。

「でもじゃない」

否定しようとした尚をルカが遮る。

「もう私にも、君自身にも、嘘をつくな」

ルカの言葉が突き刺さる。彼に嘘をついている自覚はあった。だけど、自分に嘘をついているとは考えたこともなかった。

だからこんなに、苦しいのか。気づいた瞬間、ぶわっと溢れ出てくる感情で目の前がぐるぐるする。

「それでも、……僕とルカは、育った環境も、価値観も違いすぎる」

「違うから楽しいとは思えないか？」

答えに困る。まだルカの家のことを知らない頃は、確かに違いを面白いと思っていた。

「初めてありのままの自分を見てくれた尚を好きになって、私の人生は変わった。ただの恋だと思っていた。でも違う。最初で最後で、たった一度だけの恋だ」

ジェラートよりも甘い言葉が次から次へと出てくる。それだけの価値が自分にあるとはとても思えなくて、くすぐったくて、……でも、嬉しい。

「君に出会った時に、家のことは話しておくべきだった。言いだせなかった私が悪い。そこは謝らせてほしい」

ルカが頭を下げた。

「あの時は本当に、戻ってきたらきちんと話すつもりだった。まさか君がいなくなっているなんて、想像もしてなかった」

悪かった、と再び謝るルカを見て気がつく。自分は逃げたことを、彼にちゃんと謝れていない。

「僕も、何も言わずに逃げてごめん。言い訳になってしまうけど、ルカの家のことを知った時、すごくその、……たぶん腹が立ったんだ。どうして話してくれなかったんだって。君に告白されて、好きという気持ちが嬉しくて舞いあがっていたから余計に」

あの時の自分を思い出したら、後悔で泣きたくなる。あの時の混乱をなんとか伝えたくて、尚は続けた。

「でも僕は自分が怒っていることすらよく分からなくて、……君の前から、逃げてしまった」

「……そうか。君を傷つけてしまった自分が許せないよ」

ルカの声が沈む。彼を傷つけたいわけじゃないのに、うまくいかない。

「いや、僕もそこで、逃げるのではなく君にきちんと聞けばよかったんだ。そうしなかったのは、まあ、……君と僕が一緒にいることに、裏があるように勘繰られていたのもいやだったからで」

まるでメリットがあるからルカと仲よくしていると思われていたことが、思っていた以上に悔しかったのだろう。今ならば分かる。

「勘繰られる？　そんなことがあったのか……」

ルカは目を閉じて、深く湿った息を吐いた。

「誰がそんなことを」

瞼を上げたルカは、その瞳に怒りを宿していた。尚は首を振る。

「誰かが問題じゃないよ。とにかく僕は、それが悔しかったんだ。その時にちょうどいい話があったから、表向きは日本に帰ったことにして、ジェラートの勉強を始めた」

ルカにはまだ果樹園にいた日々のことをきちんと話せていない。いつかあの時のことを、明るく話せるようになれたらいいと思う。

「色々と学んで、日本に戻ってきた。それで、その……」

ゆっくりと、確実に、自分が抱えていたものが溶けていく。それをどう言葉にすればいいのか必死で考え、向き合った。目の前のルカだけではなく、過去の自分にも。

「……ずっと、好きだよ。好きだから、一緒にいられないと思っていた。一ヵ月で思い出を作って、それで終わりにしようと思ってた」

声が震える。やっと言えた。ずっと一人で抱えていた気持ちを口にできた喜びで、胸が熱い。

ルカの指が眦《まなじり》に触れる。もしかすると自分は泣いているのかもしれない。

「やっと言ってくれたな」

優しい微笑みで視界がにじむ。

「君の眼差しは、私を好きだとずっと言っていた。だけどいつまでも口にしてくれない。どれだけ焦れたことか」

「それは……」

違うと言い切れたらいいのに。言えずに顔を伏せる。

とても回り道をしたけれど、やっぱりこの人が好きだ。思い出になんてできない。そう認めてしまえば、楽になれた。

「もう二度と、私の気持ちを勝手に決めないでくれ。私は君と幸せに生きたい。もう離すつもりもない。終わりにしようなんて思わず、覚悟を決めてほしい」

抱きしめられると、ルカのにおいがした。一度は知ってしまったこの温もりを、失うのはいやだ。他の誰にも渡したくない。

止まっていた時間が動きだす音がする。ずれていた歯車がきちんとはまってしまった。もう止まらない。

おずおずとルカの背に回した手が、尚の答えだ。

最初から諦めるのではなく、ルカの隣に立てるように頑張ろう。そう心で誓う。

「尚」

何度も名を呼ばれた。応えなくても飽きずに呼び、愛しそうに口づけてくる。大型犬のような愛情表現がくすぐったくも嬉しい。

ルカの手は尚の体を衣服の上からなぞった。それだけでお互いに呼吸が乱れる。どちらともなく視線を絡ませ、唇を重ねた。

「……ん、っ……ぁ……」

耳を塞ぐように頭を抱きしめられた。唇の隙間から舌が大胆に入ってくる。歯も舌も粘膜も舐められた。ぴちゃ、くちゅ、と水音が頭に直接響く。

ああ、ルカのキスだ。うっとりとキスに酔っている間に、ルカの手が尚のシャツにかかる。ひきちぎるような勢いでボタンが外され、シャツが床に落ちた。次にベルトに手がかかる。金属音の後、前が開かれたかと思うと、そのまま下着ごと引き下ろされた。キスで形を変え始めていた性器が露《あらわ》になる。

「……ルカも脱いで」

明るいリビングのソファで、自分だけが何も着ていないのはいやだ。彼のネクタイに手をかける。

「じゃあ脱がせて」

　甘えたように首筋に顔を埋めてくる。分かったと頷いて彼のネクタイを解いた。するりと音を立てたそれを床に落とす。

　次はシャツだ。光沢のある生地に触れ、ボタンを外す。現れた肌のたくましさにくらくらする。シャツを脱がせて、ベルトを外す。質のいいスーツのスラックスも床に置く。最後に黒のボクサーに手をかけた。ウエスト部分に指を入れ、ゆっくりと下ろす。ルカの昂ったものが現れて、息を吞む。

　すっかり興奮状態のそれを直視するのは初めてだ。自分と同じもののはずなのに、色も大きさも違う。

　そっと手を伸ばして触れた。熱い。脈打つそれが膨らんで硬くなる。

「……僕も、舐めようか？」

　ルカにされたことを思い出して聞いてみる。彼は目を見開くと、慌てたように首を横に振った。

「嬉しい誘いだが今日はだめだ。もうそんなにもたない。早く君とひとつになりたい」

　早口で言ったルカに抱きつかれ、その勢いでソファに倒れこむ。体を重ねると、お互いの昂りが擦れた。

「んっ……」

張り出した先端の段差を教えるように擦られる。そうすると尚の体も昂って、腰の奥から熱くなった。直接な刺激とも違う気持ちよさに震える。

ルカの手が後ろに回り、尻を撫でまわされた。その指が奥へ進むのが分かり、腰を寄せる。

「うっ……」

「痛いか?」

指が窄まりを撫でる。乾いた指の固さに眉根を寄せると、ルカはソファ横のテーブルに手を伸ばした。いつも彼が使っているハンドクリームを取り出す。

荒い呼吸でハンドクリームを指にまとわせる姿につられるように尚の体温も上がる。濡れた指で奥に触れるまで、ルカは無言だった。

「……これなら大丈夫か」

窄まりの表面を濡らしてから、縁を広げるように撫でられる。それから少しずつ、指が入ってくる。もどかしいスピードにたまらずのけぞった。

ゆっくりと中を探った指が、粘膜を濡らしていく。

指の数が増え、奥まで探られる。力を抜けば痛みがないことも、もう覚えてしまった。この体はすっかり、ルカに作り替えられてしまったのだ。

揃《そろ》えた指を抜き差しされる。どうしても感じる場所に爪先《つまさき》を軽く押し当てられたら、全身にびりびりと痺れが走った。

指が抜ける。足を大きく広げられた。腰を持たれて、準備を施された最奥にルカの昂りが押し当てられる。

「っ、ああ、すごい」

硬い熱はすぐに入ってきた。慣らしたとはいえ、こじ開けられる感覚からは逃げられない。異物感に慣れる間もなく、ルカが動きはじめる。

「はぁ、……すごいな、こんなに奥まで……」

ルカが上擦った声で腰を進めてくる。襞《ひだ》を擦るようにして入ってくる大きなそれが、性器の裏を突いた。

「んんっ」

弱いところを抉られて息が止まる。体がその場で跳ねる。先走りにしては濃いものが性器から溢れた。

「あっ、ま、って……」

何度か探るように動いた後、ルカは尚の腰を掴むと激しく腰を使った。抜け落ちかけたところを抉られ、頭を打ち振る。

閉じられない唇から零れた唾液を、ルカが拭った。

「そんなに締めるな……」

腰を揺らすルカの姿は、普段と違って余裕がない。それが昔の彼の姿と重なった。

過去の彼と、違うところばかり探していた。そんなことをしたって、ルカが尚の好きだった彼本人であることに変わりはないのに。

お互いに年を重ねて変わった部分はあるけれど、本質的なところはきっとそのままだ。それを認めたら、いっそうルカが愛しくなる。

「私に掴まって」

背中に腕が回された。おとなしく彼の腕に掴まると、上半身を抱き上げられる。

ソファに膝をついて、ルカに跨《また》がる形にされた。視線がほぼ同じ位置になって、キスがしやすそうだ。

じっとルカの唇を見る。触れたい。顔を近づけると、唇を塞がれた。

「っ……ん、……」

重なった唇が、絡めた舌が、意識をかき回す。ただ気持ちいいのだけが残るから興奮する。どこまでもひとつになれそうな気がして、尚もルカの唇を欲した。

ルカの頭を引き寄せ、尖らせた舌先で彼の口内を探る。積極的なキスはルカを喜ばせたのか、触れ合う肌が熱くなった。

「ん、んっ」

ルカの体が大きく震える。どうしたのか、と唇を離す。呆《ほう》けたような顔をしたルカは、ゆっくり瞬いてから我に返って、尚の頰を包んだ。

「尚から熱いキスをもらって、あぶなく達してしまいそうだった」

ルカは目を輝かせていた。上気した頰が幸せそうに緩んでいる。

「ああ、すごい。だめだ、今すぐ尚を、めちゃくちゃにしてしまいたい」

困ったように眦を下げたルカが、尚の胸元に手を這わす。乳首を指の腹で撫でられると、最奥がぎゅっと締まった。

「……だめ、っ……」

きつく窄まった場所を、太い部分でこじ開けられた。背がしなる。我慢できずに腰が揺れて、ルカの引き締まった腹部に昂りがぶつかった。

「ん、……もう、っ……」

頭を打ち振って喘ぐことしかできない。すぐそこに頂点が見えているのに、たどり着けないのがもどかしい。

「私も、もう……。尚、君と一緒に天国へ行きたい」

ルカは尚の手を取り、指を一本ずつ絡めて握った。お互いに蕩けた視線を合わせてから、目を閉じる。

「う、……っ、んんっ……！」

「……くっ、だめだ、尚っ……」

抜け落ちそうになったものが、一気に奥まで入ってきた。きつく収縮した内側がルカに絡みつく。我ながら貪欲《どんよく》な反応も、ルカが喜んでくれるなら嬉しい。

抱きしめられ、更に深いところで繋がる。これが、ひとつになるということなのだろうか。目眩《めまい》がする。

「っ、いく、っ……」

一際強く腰を叩きつけられて、尚の視界は白に染まった。

体内を濡らす感覚に押し出されるようにしてたどり着いた絶頂に、何も考えられなくなる。ただひたすら気持ちよくて、尚はルカに縋《すが》りついた。

「は、ぁ……」

お互いの下腹部の間に熱を放ち、尚はその場に脱力した。達したルカが覆いかぶさってきて、触れるだけのキスをする。

やっと伝えられた恋心が、次から次へと溶けだしていく。多幸感で満たされて、尚はうっとりとルカの首筋に顔を埋めた。

運命の恋の叶《かな》えかた

腕の中にある温《ぬく》もりがゆっくりと離れていく。反射的にそれを抱きしめると、小さな声が聞こえた。

その声に誘われるように意識が鮮明になっていき、目を開ける。ルカ・トライアーノの視界は、恋人の小野原尚《おのはらなお》の慌てた顔でいっぱいになった。

「ごめん、起こした？」

尚の声がかすれている。それが自分のせいであるという優越感が、目覚めの気分をよくしてくれた。

「……もう朝か」

「うん。朝だよ。おはよう」

するりと抜け出そうとする体を抱きとめる。逃がしたくない。

「今日は休みだと聞いているが」

尚の仕事の予定は頭に入っている。今日は一日休めると聞いていたから、昨夜《ゆうべ》は激しくこの体を愛したのだ。

「そうだけど、……目が覚めたから、シャワーに入ろうかと思って」

ルカの腕の中で、尚が視線を逸《そ》らした。

嘘だなとすぐに分かる。尚は真面目で正直なので、尚は真面目で正直なので、嘘や隠しごとがうまくない。でもなぜ今、嘘《うそ》をつくのか。

意識を手放すように眠った尚の体は、昨夜の内にちゃんと清めてある。もちろん、体の奥深くまでルカは責任を持って綺麗《きれい》にした。ルカの腕の中を抜け出してまで朝からシャワーに向かう必要はない。

それに、そもそも朝からシャワーを浴びる習慣があるのはルカであって、尚は違う。彼はベッドに入る前に浴びておきたい派だ。

「では一緒に入ろう」

尚の様子が気になったので、わざと嘘にのった。すると尚はえっと、と目を泳がせる。

「どうした、一緒ではいやか」

頬《ほお》に手を添えて問う。尚はうーん、と唸《うな》ってから目を閉じた。

尚の首筋にキスの痕《あと》がある。つけたのはひとつやふたつではない。夥《おびただ》しい数のそれが独占欲の表れだと自覚はしている。そのひとつを撫《な》でると、尚が観念したかのように息をついた。

「朝ごはん、用意しようと思ってた」

尚は懐くようにルカの胸元に収まった。

「そうか。嬉《うれ》しいな」

彼の髪に指を絡《から》める。彼の髪は黒く艶《つや》やかで、夜の闇《やみ》に溶けてしまうのではないかと不安になるほどだ。

「でも、それならどうして私を置いていく？」

尚のうなじに手を置く。彼はちらりとルカを見てから、力を抜いた。

「別に深い意味はないよ。ただルカを驚かせたかっただけ」

顔を見せてくれない尚は、拗《す》ねてしまったのだろうか。彼の機嫌を損ねるのは本意ではないので、では、と問う。

「私はどうすればいい？　ここでおとなしく待っていればいいのか？」

尚が顔を上げた。その目が輝いているのが嬉しい。

「……そうだね、待ってて。準備するから」

「分かった」

ルカの腕の中から抜け出した尚は、まるでネコのような伸びをした。置いてあったシャツを羽織り、寝室を出ていく背中を見送ってから、ベッドヘッドに目を向けた。

時計は朝の六時を指している。普段ならまだ眠っている時間だ。まだ少し眠いが、こうしてベッドで恋人のことを考えながらまどろむのも悪くない。

尚の体温が残っているシーツに触れる。さて彼は何を準備して、自分を驚かせてくれるのだろう。期待に胸が高鳴る。

そういえば、ルカが初めて尚を意識したのも朝だった。寝起きの不機嫌さを引きずりながら冷蔵庫に向かった時、尚は笑顔で挨拶《あいさつ》をしてくれた。

『今からエスプレッソを淹《い》れるけど、飲む？』

マキネッタ片手に誘われた時の喜びを、ルカは今も鮮明に覚えている。

『ありがとう、いただくよ』

ルカはたくさんの人がいる中で育った。両親に姉弟《きょうだい》、祖父母だけでなく親族も暮らす家は広く、孤独とは縁のない毎日を過ごしていた。十代の半ばからは家族と離れて寮生活を送ったが、そこも同世代ばかりでとても賑《にぎ》やかだった。

でもホテルで身元を隠して働き始めてからはひどく孤独だった。どこかからトライアーノの人間だとばれて、周りからは遠巻きにされる。かと思えばやたらとなれなれしく近づいてきて、こちらを利用しようとする者も出る。

親族からはこうなると聞かされていた。ルカが生まれたトライアーノの一族は、成人すると自分が興味を持った分野で働くことになる。そこで自分が周囲からどんな扱いを受け、誰を信じればいいのかを学ぶのだ。

ルカは親しい友人は作らないつもりでいた。ホテルで学ぶのは長くて二年だ、それくらいの孤独は我慢できる。

それでもきっと、誰かと話すことに飢えていたのだろう。尚と二人でテーブルを挟んで飲んだエスプレッソは、普段より砂糖が足りないのに、とても甘かった。

その日から、同じフラットで生活するインターンの尚と話をするようになった。彼はリストランテで働いていて、特にドルチェの仕事を担当していた。ちょうどルカもリストランテに配属になったばかりで、職場で話す機会もそれなりにあった。

尚と親しくなってすぐ、ルカは彼が自分をホテルのスタッフとしてしか見ていないと気づいた。同い年の同僚。そう思われる新鮮さはきっと、ルカが心から望んだものだった。尚との会話は楽しかった。彼は学校で習ったせいなのか古めの硬いしゃべり方で、それがひどく心地よい。

お互いに好意があると思っていたから、誘うことを躊躇《ちゅうちょ》しなかった。どこにでも二人で出かけた。仕事の愚痴も、格好のよくない失敗だって、尚になら話せた。デートもたくさんして、二人で過ごす時間が増えて、もっと尚のことを知りたくなった。

物静かな彼の、控えめな笑顔が好きだった。

深い関係になるきっかけとして、次は二人でどこかへ旅行しよう。そう考えてルカは知人に相談した。彼は日本人と結婚しているから、何かいい情報があるかもと思ったのだ。

そこで知人に言われた。

『そのナオは、本当に君のことが好きなのか？』

なぜそんなことを聞くのか分からなかった。そこで彼はため息交じりに、自分の失敗談を教えてくれた。

彼は結婚前、妻になった女性に誘いをかけて付き合い始めたつもりでいたが、ベッドに誘って断られたらしい。そこで私たちは恋人じゃないのに、と言われたと嘆く。

確認したところ、彼の好意はただの善意と受け取られていた。付き合うならちゃんと告白してくれと要求された彼は愛を告げ、無事に二人は結婚に至ったそうだ。

日本には告白という文化がある。それを教えられてルカは焦った。もし尚も同じ考えなら、自分たちはただの友達ということになってしまう。それだけはだめだ。

だから人生で初めて、好きだという告白をした。実家に戻る前夜になってしまったのは、伝えようと思ってもタイミングが摑《つか》めずにずるずると延ばした結果だ。

『俺は尚と、恋人になりたい』

一生懸命に想《おも》いを伝えた。その時の尚は、戸惑ったように瞬《まばた》いた後、頰を上気させた。いやがられてはいない。でも何かに迷ったようなそぶりもあって、急に不安になったルカは、格好つけてしまったのだ。返事は急がない、と。

戻ってきたら返事を聞かせてなんて言って、翌朝に尚から離れたことを、どれだけ後悔しただろう。実家に戻ってから尚からの連絡は途絶え、不安に思って戻った時にはもう、尚は帰国した後だった。

何もない部屋に絶望したあの日、ルカは一度死んだ。

それからの日々は、色を失っていた。ひたすらに仕事をして認められ、一族の後継者としての道を進むことになっても、喜びはなかった。恋を失った自分になんの価値があるのかと、自暴自棄になっていた時期もある。

もちろんずっと尚を捜してはいた。帰国の痕跡《こんせき》がなく、どこか別の国に行ったのかと手を尽くして調べた。

やっと彼の行き先が分かったのは半年後で、その時にはもう尚は帰国していた。

それならば日本のどこにいるか分かるかと思って調査を依頼したが、見つけられなかった。その理由はこちらに来て判明した。尚の名前のスペルが、ルカの記憶と違っていたのだ。しかもルカは尚がパスティッチェーレ、つまりはパティシエになっていると思いこんでいた。これでは見つかるはずもない。

それでも諦《あきら》めず、ホテルを作るプロジェクトのために日本へ来ることを選んだ。同じ国にいればどこかで会えるのではないかと夢を見ていたのだ。

再会はあまりに突然だった。だからこそ、ルカはこれが運命だと信じた。

幼い頃、祖父に聞いたことがある。トライアーノの一族には、生涯ただ一人だけを愛する運命を持った者がいるのだと。代々ではなくランダムに現れるその者は、運命に翻弄《ほんろう》される。だがその相手と結ばれれば、一族に繁栄をもたらすらしい。

それが自分なのだと、ルカは尚に再会して気づいた。一族の繁栄は二の次だ。とにかく尚と結ばれることが自分の幸せであると疑う余地はなかった。

高揚のあまり抱きしめて、期間限定の恋人という無茶な提案をした。断らない尚を抱きしめた。

気持ちを通じ合わせてから始めるなんて理想を追う余裕もなく、ただひたすら、体から愛を告げた。

ひどいやり方だったと思う。体を許しても心を許さない尚に苛立《いらだ》ったり、仕事の行き違いを彼にぶつけたりと最低のこともした。尚が見ている『ルカ』は今ではなく過去の自分に思えて嫉妬《しっと》した。

心にも時間にも余裕がなかった。最低な、とても恋人にしたいと思う振る舞いではなかった。もっとできたことはあったはずだ。

それでも尚はルカの手を取ってくれた。これからは彼と生きて、彼の夢をサポートできる。数ヵ月前の自分なら信じないような、幸せな急展開だ。

とはいえ、恋人になってまだ数日。二人の関係はこれからだ。過ちを犯さないように、物事は慎重に進める必要がある。

そろそろ寝転がるのにも飽きた。尚に会いたいから起きよう。

ベッドを出て向かったのはクローゼットだ。裸で歩くのは尚がいやがるので、まず下着を身に着けた。それからデニムを穿《は》き、室内用のラフなシャツに袖《そで》を通したところでドアが開いた。

「できたよ」

尚が手招きする。

「すぐ行く」

急いで寝室を出たら、尚にぶつかりそうになった。その勢いに目を丸くした彼が、屈託なく笑う。

「そんなに急がなくていいのに。ダイニングで食べよう、用意したから」

「ああ」

彼に続いてダイニングへ向かう。エスプレッソの香りがするテーブルに近づいて、並んだ皿に気がついた。何かが入った三角形の紙が載っている。

「これは……」

紙の中に入っていたのは、ブリオッシュ・コン・ジェラートだった。横に割ったブリオッシュにジェラートを挟んだものだ。

「中のはマラガ、……ラムレーズンだな」

イタリアではマラガという名前のジェラートは、日本ではそのままラムレーズンと呼ばれるらしい。ルカの大好物だ。

「そうだよ。ちょうど今、食べ頃だから食べよう」

「ああ」

紙を手に取る。こうして食べるのは久しぶりだ。ブリオッシュからはみ出たジェラートを軽く舐《な》めてから、かじる。ふわりと広がるバターと卵の香りに、ラムがよく合った。

「……おいしい」

とろり、と重さのある甘味が広がる。尚の味だ、と思った。

再会した時に尚から渡されたジェラートは、驚くほどおいしかった。大粒のレーズンは、ぷるりとしていてほんのりと甘く、豊かなラムのにおいがする。すべてがルカの好みだった。

「よかった。気に入ってくれた？」

尚はジェラートをスプーンで掬《すく》いながら食べ始めた。

「もちろんだ。毎日食べたい」

「はは、もう定番のフレーバーのひとつが決まったね」

笑いながら尚はブリオッシュをちぎり、それでジェラートを掬って食べた。

「君のジェラートは何が違うんだろう」

「うーん、なんだろうね。まあこれ、自信作ではあるんだ。基本的にジェラートってお酒との相性はよくないから、このレシピにたどり着くまでかなりかかった」

アルコール度数が高いとジェラートは溶けやすくなるのだと尚は続けた。

「そうか。尚の努力の味なんだな」

それならもっと味わって食べることにしよう。やはり朝は甘いものにエスプレッソが最高だ。

「いっそ、もっと振り切って大人向けでアルコール強めにしても面白そうだけどね」

食べ終えた尚が、包んでいた紙を丁寧に折った。その仕草につい見とれてしまう。彼はいつも静かに、そして無駄なく動く。

「やってみればいいんじゃないか」

興味を持ったのでそう言うと、尚は驚いたようにルカの顔を見てから、その表情を崩した。

「そうか、……試してみてもいいのか」

今気づいたとばかりに瞬きしてそわそわする姿をかわいいと言ったら、彼は怒るだろうか。

現在建設中のホテルの一階に、尚のジェラートショップを作る。まだ話は始まったばかりで何も決まっていないが、きっと彼ならトライアーノのホテルにふさわしい、素晴らしい味を提供してくれるだろう。

「今日は何時に出るの？」

尚が時計を見た。

「十二時頃に行く。夜まで会議の予定で遅くなる。尚の予定は？」

「僕は休むよ。……疲れたから」

そう言って恥ずかしそうに微笑《ほほえ》まれたら、もっと疲れることをしたくなってしまう。それを堪えて、彼の頰に手を伸ばした。

何度抱いたって、会えなかった時間を埋めてはくれない。分かっているのに求めてしまう。焦燥感についしつこくなって、疲れさせてしまうのだから悪循環だ。節制を覚える必要がある。

「ゆっくりしていてくれ。私が帰るまでは」

「うん。考えたいこともあるから、のんびりしてるよ」

微笑んだ尚は、さて、と皿をまとめる。

「シャワー、浴びる？」

「そうだな」

エスプレッソの底に残った砂糖を食べて、ルカも立ち上がった。甘くて苦い味は、一日を頑張る気力を与えてくれる。

「皿洗いは任せてくれ」

「じゃあお願いするよ」

とはいえ、洗うのは皿とデミタスカップがふたつずつ。あっという間だ。濡《ぬ》れた手を拭《ふ》く。日常に尚がいる幸せを噛《か》みしめ、ルカは頬を緩めた。


「途中まで一緒に行こう」

尚がそう言ってくれたので、二人揃《そろ》って部屋を出た。

「いい天気だね」

外に出ると爽《さわ》やかな風が吹いていた。尚が気持ちよさそうに目を細める。

「そうだな。ジェラート日和だ。尚のジェラートが食べたい」

「さっき食べたのに」

本気で言ったのが冗談にとられてしまったようだ。

「私はいつだって食べたいと思っている。そうだ尚、今度君の働く店に行ってもいいだろうか」

尚が働くカフェは、再会した時に行っただけだ。目立つから来ないでと言われて、正直に言うと少し傷ついている。彼の店で人目を惹《ひ》くようなことをした記憶はない。

「え、……来るの」

「いやか」

　どうしてそんなに拒むのだろう。寂しい気持ちが声に出てしまった。

「いやじゃないよ。そうだね、今度、食べに来て」

「いいのか！」

　我ながら露骨に喜びすぎた。尚は目を丸くしてから、ごめん、と言った。

「僕の言い方が悪かったよね。決して、僕のジェラートをルカに食べてほしくないわけじゃないんだ。ただ、その……」

　口ごもった尚は、ああもう、と少し苛立ったように言う。

「君がかっこよすぎて、どきどきするから」

　早口に言い、足を止める。遅れてやってきた喜びで、目の前が明るくなった。ここがオフィスに向かう道でなかったら、尚を抱き上げてその場でくるくると回っていただろう。

「そうか、……どきどき、してくれるのか」

　よかった。初めて尚がどう思っていたのか聞けてほっとする。

　再会してからは戸惑いの連続だった。気持ちと体がはやりすぎて、どう考えてもうまく口説けなかった。

　今でも、どうして尚が自分の手を取ってくれたのかよく分からない。尚は思考も行動も自己完結型で、途中経過はなく結果を見せてくるタイプだ。彼の気持ちはこちらが聞くか、推測するしかない。

「してるよ。ずっと」

頬を染めて尚が言う。自発的に話してくれなくとも、彼は聞けば答えてくれる。その誠実さもルカは愛していた。

「そうか。もっと言ってくれ」

「えー、恥ずかしいからいやだ」

照れた様子の尚を抱きしめたいのを堪えて、ルカはぎゅっと手を握った。好きという気持ちが溢《あふ》れて止まらない。

二人でそのまま歩き続ける。信号で止まった時、尚がルカを見た。

「こうやって話すの、久しぶりな気がする」

「そうだな」

お互いの仕事時間と休みが違って、会うのは夜ばかりだ。こうして日の光の下で話すのは、こちらに来てから初めてかもしれない。

「僕たちには会話が足りないね」

ぽつりとした呟《つぶや》きは尚の本心だろう。

「そうだな。……これからはもっと、話していこう」

思っていることも考えていることも、ちゃんと言葉にしなければ伝わらない。分かっているのに甘えてしまうのは自分の悪い癖だ。直していかねばと改めて誓い、尚と共に歩き出す。

並んで歩きながら、目に留まったことを話した。車窓からでは気づかなかった店や看板を尚に説明してもらう。

「今度あのお店に行こうよ」

楽しそうな尚の姿が眩《まぶ》しい。発見もいっぱいだ。

「ああ、そうしよう」

オフィスのあるビルのエントランスに着く。この楽しい時間が終わってしまうのは残念だが、仕方がない。

「いってくる」

「うん、いってらっしゃい」

軽く手を振るその姿が愛《いと》しくて、どうしても我慢できずに彼の手を取った。軽く引き寄せて、ハグをする。

「え、ルカ、……恥ずかしいよ」

照れた顔に微笑み、そっと頬を寄せた。

「尚」

愛してる、と囁《ささや》く。途端に顔が赤くなった尚から、名残惜しいが体を離した。

ろうか。

「もう、早く行きなよ」

軽く手を払われる。そのぞんざいな扱いに胸が高鳴ると言ったら、尚はどう反応するだ

「また夜に」

背を向けてビルの中に入る。振り返ると尚はまだ立っていてくれた。それに手を上げてから、オフィスに向かう。今日は朝から、幸せでいっぱいだ。

最後の書類にサインを終え、ルカはペンを置いた。

今日も慌ただしい一日だった。ホテル開業前の現状において、ルカの仕事のメインは人と会うことだ。ホテルの顔として振る舞う以上、少しも気が抜けない。

机の上の時計を確認する。文字盤が宙に浮いているように見えるミステリークロックは、ルカをみまもってくれるお守りのようなものだ。

夜八時半、思っていたよりも早く終えられた。さて帰ろうとしたところで、電話がきた。一族でかなりの影響力を持つ伯父からだ、むげにはできない。

「どうだ、ルカ。話は進んでいるか」

電話の向こうから聞こえてくる声は元気だ。

「ご安心を、順調に進んでいます」

「素晴らしい。またあのジェラートを食べられるのを楽しみにしているよ」

先日のパーティーで伯父は尚のジェラートをとても気に入った。特に酒粕《さけかす》のジェラートをまた食べたがっていて、挨拶のように言ってくる。

食にうるさい伯父が気に入るのだから、やはり尚の腕は確かだ。もっと自信を持てばいいと思うが、その謙虚さも彼らしさだと分かってはいる。

「さて、それで本題だが」

口調をがらりと変えた伯父が仕事の話を始める。ホテルの開業に合わせて水面下で進められるプロジェクトは数多い。

特に伯父が進めているのがカジノのある豪華客船だ。船の交易から始まったトライアーノの歴史をまた一歩、進めたいのだという。

「――分かりました。ではその提案に目を通しておきます」

それでは、と話を終えたかった。だが伯父は続ける。

「いい返事を期待している。ところでルカ、先日の話の進捗《しんちょく》はどうだ？」

その楽しげな口調から、何が聞きたいのかを察した。

先日のパーティーで、ルカは伯父に運命を見つけたと言った。だから日本から離れたくないと主張したのだ。

運命の相手の話を祖父から聞かされていたのだろう、伯父は目を輝かせてルカの話を聞いてくれた。出会いから日本での再会までを、少しだけルカに都合よく説明したものを伯父は気に入ってくれたようだ。

『お前の運命は日本にいたのか。素晴らしい』

頑張れよと背中を押された。その夜、ルカは尚の心も手に入れた。その報告を伯父は聞きたがっている。

「ご安心を。私は運命を、手に入れました」

落ち着いて言い切った瞬間に満足感で胸がいっぱいになる。

「そうか！　よかったな」

伯父も嬉しそうなのが電話口から伝わってきた。

「ぜひ紹介してくれ」

「もちろんです。……では、彼を待たせているので失礼します」

彼、と伯父が繰り返すのを聞きながら、ルカは電話を切った。

いつか家族に尚を紹介したい。それをどうやって切り出すか考えながら帰ろうと決める。

早く尚に会いたい。

まだ残っている者たちにも早く帰るように告げ、ミステリークロックに軽く触れてからオフィスを出る。

用意されていた車に乗り込んだ。尚と歩いた道は、車だとあっという間だ。それが少し寂しい気がする。


午後九時過ぎ、ルカは部屋のドアを開けた。

「ただいま」

声をかけても返事はない。電気が点《つ》いているリビングに顔を出すと、ソファで尚が眠っていた。

無防備な寝顔は彼をひどく幼く見せる。

ルカと尚は同い年だ。だが離れている間に尚はまったく年を取らなかったようで、今はルカよりもかなり若く見える。

目にかかる髪にそっと触れる。額に唇を落としてから、尚の体を抱き上げる。

細身とはいえそれなりの重さがあるのが愛しい。寝室に運び、ベッドへと横たえる。このまま寝かせてあげよう。

紳士的に離れようとした時、尚があっ、と悩ましげな声を上げた。こちらを見ているのかどうか分からない眼差《まなざ》しと共に、尚が口を開く。

「ん、……来て」

伸ばされた手に息を呑《の》む。誘われるようにベッドに膝《ひざ》をつくと、首の後ろに手が回された。

寝ぼけているのだろうか。蕩《とろ》けた眼差しに誘われて、唇を重ねた。背中に腕を回して抱き寄せる。

唇を塞《ふさ》いでその感触を味わってから、内側へ舌を伸ばす。深い口づけを交わしながら頬に触れ、ゆっくりと撫でた。

「……ふ、ふっ」

不意に尚が笑った。

「どうした?」

「……夢、みたい」

呟いた尚は、ルカに背を向けるように体を反転させた。

「尚」

首筋にキスをしながら体をぴたりと重ねると、尚が振り返った。その目はしっかりと、ルカを見ている。

「……ルカ？」

「ああ、君のルカだ」

「おかえり。あれ、どうしてベッドに？」

不思議そうな顔をした彼が起き上がろうとするのを制し、薄い耳たぶを噛む。耳の中に舌を差し入れて、音を立てて舐める。

ぴちゃ、という濡れた音を立てると、尚の体は熱くなる。彼は耳が弱い。

「ソファで眠っていたから、私が運んだ」

「そうか、寝ちゃってたか」

ごめんとなぜか謝って、また尚はルカから逃げようとする。その体を後ろから抱きしめて、胸元に手を回した。

すっかり覚えた場所を撫でる。服の上から小さな突起を指先で軽く摘《つ》まんだ。

「あっ……」

突然の刺激に声を殺せなかったのか、尚が声を上げた。その艶《なま》めかしさで欲望が膨らんで、痛いくらいだ。

「尚」

腰を寄せる。ルカの体の変化を感じ取った尚が顔を赤くした。

「……もう、……」

尚は甘い吐息をつきながら抗議する。でも胸を弄《いじ》る指も、押し付けられる腰も止めはしない。拒絶しないことで誘うのが彼らしい。

怒ってもいいのに、とも思う。尚が怒った顔をあまり見たことがない。どんな感情だって尚に向けられるなら嬉しいから、見せて欲しいとないものねだりをしてしまう。

彼の身に着けているものを、一枚ずつ脱がせていく。体を浮かせてくれた尚はもう共犯だ。

シーツに溶けそうな白い肌を抱き寄せる。張りがあって、柔らかさのない体を早く感じたい。

後ろからぴたりと体を重ねて耳にかじりつくと、尚が身じろいだ。

「あっ」

耐えきれずに漏れる声が甘くかすれている。うつぶせのまま彼の腰を高く掲げさせた。

ベッド近くに用意してあるオイルを手に取る。

「力を抜いて」

背中にキスをしながら、指先をオイルで濡らした。

膝立ちして最奥をさらけ出す尚の尻《しり》を撫でてから、まずは指を一本、ゆっくりと含ませる。力が抜けきらない体から、こわばりが解けるのを待った。

「あっ」

少しして尚の背がしなると、慣れてきた証拠だ。内側に埋めた指を動かして、彼が感じる場所に触れる。

「んんっ」

腰が跳ねる。尚の昂《たかぶ》りもちゃんと興奮しているのを確認し、左手で緩く揉《も》んだ。

「は、ぁ……」

無意識なのか逃げようとする体を引き寄せる。尚の弱い部分を刺激しつつ、更に指を増やした。

揃えた指で中をかき回す。尚が枕《まくら》に顔を埋《うず》める。声が聞こえないのは寂しい。

「声を聞かせて、尚」

言いながら、猛《たけ》った自分のものをオイルで濡らす。それから慎《つつ》ましい尚の後孔も濡らした。親指で開いて、熟れた粘膜を見せるそこにもオイルを注ぐ。

誘うようにぬらぬらとした内側が見え、一気に昂った。早く抱きたい。この体を自分でいっぱいにして、溢《あ》れんばかりに注ぎ込みたい。

欲望のまま、昂りを宛てがう。そしてゆっくりと腰を押し付けた。

ぐぷっと音を立てて、熱が飲みこまれる。強い締めつけがたまらない。少しでもとどまれば達してしまいそうだ。

奥まで進む。尚の体を自分の形に拓《ひら》いていく興奮で、体が熱くなった。

「あぁっ」

感じる部分を先端が擦《こす》る。高い声を上げた尚の腰を引き寄せて、根元まで飲みこませる。

思っていたよりも抵抗がないと思った次の瞬間、凄《すさ》まじいばかりの締めつけにあった。狭いそこに抱きしめられているようだ。

目眩《めまい》がするほど気持ちいい。でも自分だけが快感を得ていても意味はない。

ルカはゆっくりと腰を引いた。尚の体のことはもう彼自身よりもよく知っている。感じる場所を先端で擦って声を上げさせてから、浅いところを緩くこねる。

「……だめ、……」

彼の膝がシーツを滑った。頭を打ち振りながら甘く喘《あえ》ぐ姿に煽《あお》られる。快感が強すぎて口元が緩みそうなのを堪えた。

口では拒むけれど、尚の体は正直だ。彼の昂りに手を伸ばす。今にも達しそうなものを片手で掴んだ。

「ねぇ、ここはどう?」

「あっ……だめ、もうっ……」

ぐちゅぐちゅと音を立てて腰を使う。いつもは伸びている尚の背中が丸まり、呼吸が浅く早くなる。

もうすぐだ。快感の予感に背筋が震える。

「一緒にいこう、……尚」

奥深くを抉《えぐ》った瞬間、手の中で尚の欲望が弾《はじ》けた。同時にきつく締めつけられた彼の窄《すぼ》まりへ、ルカは熱を放つ。脳が痺《しび》れるような快感で真っ白になりながら、本能で腰を揺らした。

体の奥底から飛び出す熱はなかなか止まらず、尚の内側を満たした。

呼吸を落ち着かせつつ、ゆっくりと腰を揺らす。尚の中に放った体液を混ぜるように動き、達したばかりの敏感な体を撫でる。

「あ、あっ……」

尚がシーツを摑んで震える。その状態から奥を突き続けると、彼の声が甘く蕩けた。

「ねえ、ルカ」

振り返った尚の表情にそそられて、顔を近づける。淫《みだ》らに蕩けた顔と喘ぎ、繋《つな》がった部分が立てる水音にルカの欲望は高まり続ける。

「キス、して」

かわいらしいおねだりに気をよくして、その唇を啄《ついば》んだ。それから舌を絡めるキスを交わす。

彼の背に体を重ねると激しくは動けないが、その分だけ執拗《しつよう》に、尚の体を愛した。指で、唇で、声で。

同じ高みを目指して体を揺らしながら、愛する人を抱きしめる。

これは運命の恋だ。幸せな結末しかありえない。

もう二度と、絶対に逃がさない。その想いを伝えるべく、ルカは必死で、尚の名を呼んだ。

あとがき

こんにちは、藍生有《あいおゆう》と申します。この度《たび》は『凍った恋の溶かしかた』を手に取っていただきありがとうございます。

今回は恋を凍らせたジェラテリエと、それを溶かそうとするイタリア人実業家の話です。

当初の予定よりも随分と優しく、甘い話になりました。大変な日常の中で、少しでも癒やしになればと思った次第です。私にしてはとても優しく見守り型の攻を書いたつもりですが、いかがだったでしょうか。

恋人未満だった二人の再会物、楽しんでいただけたら光栄です。

ちなみにルカの先祖の話が、講談社X文庫ホワイトハートから発売中の『月光迷宮の夜に濡れて』となっております。乙女系にご興味をお持ちの方はぜひ、彼の先祖の話も手に取ってください。よろしくお願いします。

イラストは松本《まつもと》テマリ先生にお願いいたしました。お引き受けいただいたと聞いた時は驚きすぎてしばらく固まっておりました。

お忙しい中、素敵なイラストをどうもありがとうございました！　相像に二人が麗しくて嬉しいです！

この本を手に取っていただいた皆様、どうもありがとうございます。皆様のおかげでこうして本を出せています。

なにかと落ち着かない世の中ですが、少しでも楽しんでいただけるものをお送りしたいと考えています。引き続き応援いただけると嬉《うれ》しいです。

藍生　有

『凍った恋の溶かしかた』、いかがでしたか？
藍生《あいお》有《ゆう》先生、イラストの松本《まつもと》テマリ先生への、みなさまのお便りをお待ちしております。
藍生 有先生のファンレターのあて先
〒112-8001 東京都文京区音羽２-12-21 講談社 文芸第三出版部「藍生 有先生」係
松本テマリ先生のファンレターのあて先
〒112-8001 東京都文京区音羽２-12-21 講談社 文芸第三出版部「松本テマリ先生」係

N.D.C.913　188p　15cm

藍生 有（あいお・ゆう）
8/7生まれ・AB型
北海道出身
好きなものはチョコレート
趣味はクリアファイル集め
Twitter　@aio_u

講談社X文庫

white heart

凍《こお》った恋《こい》の溶《と》かしかた
藍生《あいお》 有《ゆう》
●
2020年10月1日　第1刷発行

定価はカバーに表示してあります。
発行者——渡瀬昌彦
発行所——株式会社 講談社
東京都文京区音羽2-12-21 〒112-8001
電話 編集 03-5395-3507
販売 03-5395-5817
業務 03-5395-3615
本文印刷—豊国印刷株式会社
製本——株式会社国宝社
カバー印刷—半七写真印刷工業株式会社
本文データ制作—講談社デジタル製作
デザイン—山口　馨

ISBN978-4-06-521044-4

ホワイトハート最新刊

凍った恋の溶かしかた

藍生 有　絵／松本テマリ

期間限定の恋は、心を溶かす――。ジェラート職人の小野原尚には、イタリアのホテル勤務時代、特別な相手がいた。ルカ・トライアーノ。そのルカが日本まで追いかけてきて、尚に愛を囁くが……？

愚者たちの輪舞曲《ロンド》

欧州妖異譚24

篠原美季　絵／かわい千草

秘密結社を裏切った者には呪詛による制裁を！　かつてユウリを拉致監禁したマーカス・フィッシャーが組織を裏切り呪いをかけられた。ユウリの元へ来た彼は、アシュレイに連絡を取り、助けてほしいと懇願する。

白衣をまとう守護者《ガーディアン》

春原いずみ　絵／藤河るり

ずっとそばにいる。この手で守るから。美貌の心臓外科医・小泉詩音は、過去に受けた深い心の傷を、晴れて恋人となった同じ心臓外科医の芳賀行成に癒やされつつあった。しかしそんな中、再び悪夢が――。

ホワイトハート来月の予定（11月4日頃発売）

いばらの冠　ブラス・セッション・ラヴァーズ …………　ごとうしのぶ

VIP 接吻 ……………………………………………　高岡ミズミ

※予定の作家、書名は変更になる場合があります。